今は昔 言霊《メッセージ》あり

藤川桂介

装幀：森山　茂（株式会社オリーブグリーン）
イラスト：塚原　善亮

はじめに

日本の古典の中に、よく知られた『今昔物語』という説話集があります。

それほど長くないお話がかなりたくさん集められており、そのすべてのお話の書き出しに、「今は昔……あり」という表現が使われています。

兎に角断片的で、肩の凝らないお話なのですが、なかなか人生の機微が感じられる大変示唆に富んだ話が集められています。

若い頃から、かなり長いこと愛読してきましたので、今回、保険毎日新聞社から連載のお話を頂いた時には、直ぐにこの『今昔物語』の形を借りて、現代版を書いてみようと思いました。そして今回は、「今は昔……あり」の括弧の中に入れるお話のところに、「言霊《メッセージ》」という言葉を入れてみようと思いました。

それは現代の風潮に対するある思いがあってのことなのです。

それぞれの時代を象徴する事柄、つまり時代を表す感性のようなものを集約して表現しているのが、「言霊」だと思うからです。古来よりの口頭伝承、行為伝承されてきた事象は言葉を媒介として伝えられてきました。

「なんだ。古代のことか」などといって、はじめから拒否しないでお付き合い下さい。きっとお読みになるうちに、「なんだ。これに近いことは、今でもやっているじゃないか」と、びっくりするようなことと出合うはずです。

今日、時代の進化があまりにも速く、激しく、勢いづいているので、ついつい前の時代のことなど、特に古代のことなどは、無関心という人が多くなっているように思います。しかし何もかも進化しつづけているとはいっても、古来受け継いできたものがすべて時代と共に進化してしまったと言えるのでしょうか。ちょっと立ち止まって、振り返ってみる余裕を持ってみようと思ったのです。

昨今、私たちは先人たちから受け継いだものに、まったく気がつかないままやり過ごしてしまっていることがあまりにも多いように思えてなりません。そのために、心の豊かさを失っているようにも思えます。

今さらながら、温故知新という言葉が、魅力的に甦ってきます。理想の国づくりという目標を掲げて競い合っていた、古代の人々の清冽な思いを、今こそ見つめ直してみる時がやってきているのではないでしょうか。古代の人の思いに憧れ、後追いしながら、すっかりその原点を忘れてしまっているようなことも、あまりにも多いように思うのです。そのために、現代人はかえって、貧しくなってしまっているように思えてなりません。方向を見失い、右往左往しているように思えるのです。

古代を知るということは、その時代に生きた古代の人を知るということです。日本人独特の感性というものを知るということです。時代の流れの勢いに押し流されてしまって、そういった大事なものを忘れてしまってはいないでしょうか。その中には知っておくと役立つ知識も知恵も、たくさんあるように思えます。

先人たちの思いが、今でも現代の潮流の中で生きつづけていることを、再発見してみる機会です。変革が激しい時代だからこそ、先人が試行錯誤して得た教訓を、活かしていきませんか。

今回は新聞の連載ということを考えて、興味を持って頂けそうなものを選んで、季節ごとにくくってみました。そこにはきっと、日本人のものの考え方、捉え方の原点というものが存在していて、扱っている世界は古代とは言っても、現代人の言動の源泉を辿れる貴重な題材なのだということに、気づかれるのではないでしょうか。

わたしたちも、古代人も、同じ日本人として、考えること、目指すこと、感じること、糺したいこと、楽しみとすること、そして心の内で葛藤していること、すべて時代を超えて共通しているようにも思えます。

そんな古い時代のことなど、超科学の時代には無縁ですと、無視しがちかもしれませんが、科学の力で、心の内までロボットのように作られてしまったわけではないでしょう。

きっとお読みいただくうちに、なんだ、あの時代の人も同じようなことで喜び、同じような思いで怒り、同じような悲しみに沈み、同じような楽しみで弾けたのだなと、共感して頂けるのではないでしょうか。

はじめて知ることもあるでしょう。

はじめて発見するようなこともあるでしょう。

思わず伝えたいこともあるでしょう。

どうぞ、それをしまっておかないで、大いに新知識として話題にしてみてください。

あなたはまさに、古代人の言霊に秘められたメッセージの現代への語り部にもなる人なのですから……。

「春之巻」では、古代における多くの人々のものの考え方から、現代人にとって示唆に富んだ話題を、「夏之巻」では、時代の変化による古代の人々のものの捉え方、価値観というものを話題にしてみました。「秋之巻」では言うまでもありません。ついもの思いに耽ってしまう季節に合わせて、今では死語となってしまっている精神的なもの、心の問題などをじっくりと考えてみるきっかけとなるような話題を選んでみました。そして「冬之巻」では、春を待つ間の話題になりそうなトピックの中から、現代でも通じそうな話題を集めてみました。

あなたの身の周りには、古代の先人の試行錯誤した遺産が、生きつづけています。その様子をお楽しみ頂きながら、気の向く時に、気の向きそうなところを開いて是非あなたの心の故郷を、覗いてみて下さい。

「推古天皇時代」「天智・天武天皇時代」「藤原京・女帝時代」「聖武天皇時代」「平安時代」……、それぞれの時代に象徴される時代の呼吸のようなものが伝えられるかどうかがポイントです。どうぞ、お気軽にお読み頂けたら幸甚です。

藤川　桂介

目次　今は昔 言霊《メッセージ》あり

春之巻

夏之巻

秋之巻

冬之巻

春之巻

第一話

今は昔「ツキに月」あり

〈天智・天武天皇時代〉

「ツイてないな」

ふと呟いてしまうことがありそうな言葉です。そうかと思うと、

「今日はツイてるんだ」

ついはしゃぎたくなって、叫んでしまいたくなることもあるでしょう。

「ツキ」

不思議な言葉です。それはいつの時代にも耳にしてきましたし、21世紀の今日でもよく耳にするのですが、しかしこの言葉の原点は、今に始まったことではありません。かなり古い時代にあったのです。

しかしこの「ツキ」というのは、一体、何のことだと思いますか。

実は何かが「憑《つ》く」ということなのです。

昔は、キツネ憑きなどという怪しげなことが言われましたが、冒頭の会話のようなツキというのは、どんなものが憑いていないということなのでしょうか。

実は「月」のことだったのです。つまり月の霊力を頂いているか、月から見放されてしまっているかが、「ツイてる」か「ツイてない」の分かれ道になってしまうということなのです。

しかしちょっと待って下さい。

「わたしはツキに見放されていて、さっぱりいいことがないんです」

そんなことを言って意気消沈している人がいたら、自信を持って励ましてあげましょう。月は必ず、毎日東から西へと巡っているではありませんか。そうです。月は巡るんです。だからツキも巡るんです。古来「月待ち」などという信仰が生まれたのも、そのためなのですから……。

諸説あるでしょうが、「月を待つ信仰」は「ツキを待つ信仰」でもあったのです。

最近は、あまり月を見て楽しむような習慣がなくなってしまいました。特に都会地に住んでいる者にとっては、とてもそんな気分になれない、せわしない生活を強いられています。それに、あまりにも照明器具が発達しすぎて、夜の闇を失ってしまいました。そのために私たちは、天《てん》の白王《はくおう》と表現される月の存在を見失ってしまったのです。さらに昨今は、視界を遮るようにそそり立つ、高層ビルが乱立してしまいました。

昔は、月も太陽と同じくらいに大事にされ、より身近に存在していました。月は日輪と同じように、決して同じところに留まっていません。つまり「ツキ」は必ず巡ってくるのです。今は運に恵まれなくても、いつかは必ず運が向いてくると信じられて、心の支えとなっていました。

十三夜待、十九夜待、二十三夜待、二十六夜待などと言うそれぞれの月待ち信仰の講がありますが、それぞれには、月の霊力とかかわりのある仏様のご利益と、関連付けていったのでしょう。しかしそのような難しいことはさておいて、月は眺める人に、さまざまな思いを抱かせる存在であったことは、間違いありません。

立待月《たちまちづき》（十七夜の月の出は早いので立って待つ）、居待月《いまちづき》（十八夜は少し遅いので、座って待つ）、臥待月《ふしまちづき》（十九夜は更に遅れるので、臥して待つ）、寝待月《ねまちづき》（二十日の月は寝て待つ）と言われていますが、せめて束の間でも、こんな風に「月待ち」をして月の出を楽しむ余裕を持ちましょう。

現代人はそんな暮らしを失ってしまったので、その分ツキからも、見放されてしまっているのかもしれません。

第二話
今は昔「邪視」あり
〈天智・天武天皇時代〉

まさか「邪視」なんて……見るからに災いが襲いかかってきそうな気がします。現代では関係ないことだと思っていましたが、これがとんでもなかったのです。

人が亡くなられた時、その顔に白い布をかけるでしょう。親しい方だったら、せめてお別れに、生前を偲んで、そのお顔ぐらいじっくりと見せてあげたらいいと思うのですが、「万が一、死者に見つめられでもしたら、災いが降りかかる」という故事による風習で顔を隠すのです。つまり活力のない存在である死者に見つめられでもしたら、「気」を持っていかれてしまうという心配があったのでしょう。「邪視」という考え方は、そんなところから生まれた言葉でした。

ところが、こうした死者に見つめられるという恐怖とは逆に、大いに行われたのが「見る」ということによって、活力に満ちた「気」を受けようという風習です。

古代では「見る」ということを、非常に大事なこととして考えていたため、逆の邪視などということは、極力避けようとしていたのです。

国や地方を統治している大王《おおきみ》などですが、自分の支配する国を見たり、山を見たりして、自然や、民の発する「気」を貰って、活力にしようとしていたのです。その風習が、のちには、花を見てその精気を貰おうという、いわゆる「花見」というものになっていくのです。

これこそ古代から、高貴な者も、ごく一般的な市民も、盛んに行ってきたことで、現代でも、毎年桜の開花を知らせる便りが報じられるようになると、お花見の話題で賑やかになる原点なのです。

古代における花見といえば、果たして貴人たちは、どんな花を愛でていたのでしょうか。

もちろん桜ではありません。

桜を花見の中心に考えるようになったのは、ずっと後の平安時代で、嵯峨天皇が神泉苑《しんせんえん》の桜の木の下で、文化人たちと詩宴を開くようになってからだと思うのですが、古い時代では、まだ桜は野山に自生しているということはあっても、特に関心を集めていたということはありませんでした。

貴族や知識人たちは、中国の文化人たちの影響を受けていたので、庭園に植えられている「梅」の花の下でその「気」を頂きながら、酒宴を楽しみ、詩を作ったりしていたのです。

それに対して農民たちはというと、農作業の準備が整うと、ツツジが咲き乱れる近隣の山へ、飲み物や食べ物を持って出かけて行ったのです。その時たまたま来られなかった人のためには、花を一輪手折って届けに行きました。

それがやがて、来客を歓迎するために、家の入口……つまり玄関などに、その一輪の花を飾るようにもなっていったのです。

お花見と人とのかかわりには、こんな深いつながりがあったのですが、昨今はそんな気遣いや、お花見に寄せる思いというものは薄れてしまって、単なる大騒ぎに終始してしまっています。花の「気」を受けた結果かもしれませんが、ちょっとひどすぎます。

せめて花見の原点が、どんなことにあったのかということぐらいは知っておいていただきたいと思うのですが、いかがでしょうか。

〈天智・天武天皇時代〉

第三話
今は昔「キガレ」あり

最近はほとんど聞くことも、口にすることもなくなった言葉に、「穢《けが》れ」というものがあります。

昔は正常なものでないことに対する差別の表現として、「汚《けが》らわしい」と、ごく自然に、日常的によく使われていたものです。今は差別的な言葉として、ほとんど死語のようになっています。ところが、その原点をたどっていくと、実は日本誕生の原点ともいわれている、神々の世界と大変関係があることが判りました。

生気を象徴する神々にとって、絶対に許せないものは、やる気の失せたものの存在です。その典型的な存在といえば、何といっても死者です。

あの天上界の神である伊邪那岐命《いざなぎのみこと》が、亡くなった伊邪那美命《いざなみのみこと》に逢いたくて、黄泉《よみ》の国にまで行ってしまったことがありましたが、それは神として、あるまじき行為だと言われて糾弾されました。

神様はあくまでも「気」の存在ですから、活力をまったく失った死者と逢うということなどは、許されるはずがありません。神の忌み嫌うのは、「気涸《きが》れ」した者です。つまり気が失せてしまった死者なのです。

神はあくまでも、活力に富んだものを尊重します。あの祭りの賑やかさ、神輿《みこし》を担ぐ活気ある姿を見れば想像がつくでしょう。威勢がいいほど、荒々しいほど喜ぶのです。

そんなわけですから、とにかく神様に接する時には、決して弱々しい気持ちでいてはいけません。ですから神社で参拝する時など、「お願い」などと弱々しいことを言っていては、決してそれに応えてはくれないのです。

神前結婚などで新夫婦は、「わたしたちは、夫婦仲良く家庭を築きます」というように、誓詞《せいし》を読むのはそのためなのです。つまりお願いするのではなく誓うのです。

「元気」「やる気」「覇気」「根気」「短気」「強気」「正気」「病気」「弱気」等々、「気」という言葉を使ったものが多いのは、日本が神様と共に歴史を刻んできたことと、大いに関係があります。

つまりすべて「気」を基準にして、物事を捉え、判断してきたのです。それだけに、「気」

のない者は、必然的に嫌われるのです。その典型的な姿が、前述したように、まったく活力の失われた死者ということになります。しかもそれは、どう見ても美しい姿とは言えないでしょう。

そんなものを、長いこと「汚らわしい」などと表現して、蔑視してきましたが、本来は「気涸れ……キガレ」だったのです。それがやがて「けがれ」となり、「汚いもの」……生気を失ってしまったものに対する表現としての、「穢れ」と変化していってしまったのです。やがては、さまざまなものに対して、忌避《きひ》を表現する差別語として、使われるようになってしまいました。

「穢れ」ではなく、「キガレ……気涸れ」だったら、誰でも納得できたでしょう。正しい理解の仕方をしたいものだと思います。

「気涸れ」などして、情けない姿をしていないで、元気はつらつ、前に向かって前進していきましょう。

第四話
今は昔「ここに青春」あり
〈藤原京・女帝時代〉

思い出多い時代と言えば、何といっても、純粋に生きていた青春時代が、一番ではないかと思います。

人間関係でも、仕事上の付き合いとは違って、複雑な利害関係もなく、純粋な気持ちで付き合えますから、年をへるに従って、学生時代の…… いわば青春時代の付き合いが、かけがえのないものとして思い出されるのです。その時代と共に、出会った友人たちのことが、思い出されてくるものです。

そこで、ぜひお聞きしたいことがあります。わたしたちは、よく「青春時代」という言葉を使いますが、実はこの言葉の原点が、古代にあるということをご存知でしょうか。

古代を題材とした小説を書いていた時に発見したことなのですが、それなりに意味があったことを知りました。それをちょっとおさらいしてみましょう。

ちょっと堅苦しい話になって恐縮なのですが、その原点となっているのは、古代に行われた陰陽道で、「木、火、土、金、水」という五つの元素で万物が組成されるという考え方で、陰陽五行説《いんようごぎょうせつ》というものに基づいた考えなのです。季節にたとえると、春は木行の季節、夏は火行の季節、秋は金行の季節、冬は水行の季節、そして、各季節の変わり目である土用は土行の時期だとされました。都は土行の生き物である人間の営みの中心ですから、土行になります。その土行の都の四方に、各方角と同じ行の地形が存在すれば、五行説から見て完璧な配置となります。

古代において、都の制定は、四神相応《しじんそうおう》といって、皇居の四方に決められた神が存在しているかどうかによって、決められていたのです。

つまり皇居に向かって右手に当たるところ、東の方角には、「青竜《せいりゅう》」と呼ばれる神と川が存在し、左手の西に当たるところには、「白虎《びゃっこ》」と言われる神と田園地帯があり、その前面の南に当たるところには、「朱雀《すざく》」と呼ばれる神と大きな池があり、後方の北に当たるところには、「玄武《げんぶ》」と呼ばれる神と険しい山が存在するという条件が、整っているかどうかということです。

これでお判りでしょうが、この東西南北に当たる方向に季節を合わせると、東は春、西は秋、南は夏、北は冬、ということになるのです。

日が昇る東……つまりすべてが誕生する方向と、躍動する春という季節とが、青竜という神と合体することで、青春という「気」が誕生するのです。すべての生命が芽生えたり、燃え立ったりするところということです。

昨今は若者の引きこもりなどということが言われて、漫画喫茶に入り浸りであったり、ソーシャル・ゲームなどに凝って、外へ出ない者が多いと言われます。これでは本来の青春とは、まったくかけ離れてしまっています。一体これで、青春時代を過ごせていると言えるのでしょうか。

兎に角青春が青春であるためには、前途に希望を感じさせるように、輝いていなくてはなりません。生き生きとした生命力を感じさせる、燃え立つような活力が、はち切れていなくてはなりません。清冽な爽やかさが、なくてはなりません。

時代によって青春の姿には、それぞれ違った姿というものがあるとは思うのですが、果たして自分の青春時代は、本来の青春の条件を満たしていたのだろうか……そんなことを考えていただきたいのです。

それぞれの青春の日々の姿を、もう一度見つめ直してみませんか。

第五話
今は昔「チマタ」あり
〈推古天皇時代〉

平成19年から、京都の嵯峨芸術大学の芸術学部に新設された「メディアデザイン学科」の客員教授として、ものづくりの基本について講義をさせて頂くことになったのですが、それからすでに、８年という年月が経過しました。

そこで昨今の学生たちに共通する、いささか気になる問題を発見しました。人との付き合い方に後ろ向きな人が多く、ごく限られた人としか、付き合わないということです。クラスの中にも、いくつものグループがあって、自分のグループ以外の人とは、ほとんど交流しないという状態なのです。

どうやらこうした傾向は、昨今の「少子化」「ゆとり教育」「人見知り」という問題から生まれる問題のようなのですが、少なくとも、ものづくりをする人になろうとするのであれば、そんなことでいいわけはありません。

いくら個の時代とはいっても、さまざまな人間の喜怒哀楽を知り、心に触れなくては、ものづくりに携わることは難しいと思うからです。人間と出会うことを忌避してしまっていては、はじめからものづくり失格になってしまいます。

そこでわたしは、入学時の彼らにこんな言葉を贈りました。

「大学というところは、自分探しの旅をするところです」

さまざまな人や、ものが行き来する賑やかな町の通りを、現代では「巷《ちまた》」と言いますが、昔々、人々は「知末多」という字を当てて呼んでいました。

「知末多……未だ知ること多し」とは、言い得て妙だとは思いませんか。

そこへ行けばさまざまな人が行き交っていますし、さまざまな出来事に出合うこともできますし、最新の情報も飛び交っています。

だから年齢に関係なく、人は「知末多」へ出て行ったのです。世の中と接するということは、生きた情報を手に入れるために、大変大事な心掛けであったのです。

古代も現代もありません。家にこもっているだけでは、時代の流れ、世間の空気と遊離してしまうし、移ろいやすい人の心の動きも、まったく掴めないままになってしまいます。

特に若者などは、「知末多」へ出ていって揉まれてくることが、大人になるための大事な通過儀礼だったのです。

大学生活も、自分探しの旅に出ているようなものです。いろいろな教授、いろいろな友達と出会いながら、これまでとは違った世界を吸収していくところです。

大学という「知未多」も、いつも動いていて、見るもの、聞くこと、試すことが、すべて新鮮で、刺激的で、期待感に満ちたところであるはずです。さまざまな知識や情報も、飛び交っているところです。

きっとそんな中で、いち早く自分探しに成功する者もいるでしょう。反対に、なかなか進む方向が見つからずに、苦闘する者もいるでしょう。

しかし大事なのは、今は真の自分探しの旅に出ているのだということを、決して忘れないことだと思います。

どうか人付き合いに、臆病にはならないでください。そして古代の人の残した、示唆に富んだ「知未多」という言葉の意味を考えてみてください。

そんな思いを込めて、学生たちへこうした挨拶を贈ったのでした。

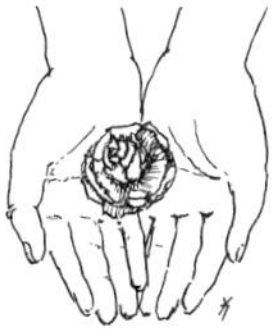

第六話 今は昔「テクラ」あり

〈天智・天武天皇時代〉

少年のころ、大事なもの……それこそベーゴマやメンコ、ビーダマ、おはじき、アクセサリーの類ですが、自分の大事にしているものを誰にも知られないように、自分だけの秘密の場所に、こっそりと隠しておくというか、しまっておくことが、とてもスリリングで、わくわくする楽しみでもありました。

みなさんの記憶の中でも、そんなことがあったのではありませんか。

昨今、テレビの人気番組の影響で、いわゆるお宝ブームのようですが、もしあなたがそういった「お宝」を持っているとしたら、どんなところへしまっておきますか。自宅の金庫か、銀行の貸金庫へでも置いておくでしょうか。それとも警備保障関係の会社に依頼して、守ってもらうでしょうか。

ところで、この大事なもの……宝物という捉え方は、当然ですが、はるか昔、古代からありました。

時代はどんなに古くても、大事なものは大事で、何とかそれを人に盗まれるようなことがないよう、こっそりと密かにしまって、大事にしておきたい……そんな気持ちは、今も昔も同じです。

古代でも、いい加減なところへ置いたりすれば、ついつい悪心が芽生えて失敬する者が現れてしまいます。しかし今風のセキュリティーなどというものが、存在しているはずもありませんから、もしそれを本気で守るのであれば、自分で工夫しなくてはなりませんでした。

超古代では、とにかく大事なものは、地面を掘って、その窪みに埋めて、こっそりとしまっておくことが、常識的な保存の方法だったのです。

こうした地面を掘ったV字のようにへこんだところを、そのころは「クラ」と言っていました。乗馬の時に馬の背に置く鞍《くら》も、このV字の形から起こった名称です。

余談になりますが、同じような意味で、V字にへこんだと言えばマクラ（枕）もそうです。はじめのうちは、こうした地中のクラに、大事なものをしまったり、隠したりしていたのですが、やがてそれも突き止められて、安全ではなくなってしまいました。

いつの時代でもそうですが、こっちが知恵を絞って隠せば、盗賊も知恵を絞って探し出そうとします。地下のクラも、安心というわけではなくなってしまったわけです。

そこで考えた末に思いついたのが、自分の手の中に持っていることだったのです。両掌を半円形にまるめて、その中へ大事なものを持っていること……つまり手のクラへしまっておくことだったのです。

確かにその通りかもしれませんね。

大きなものは別として、宝石のようなものは、手のクラ……テクラへしまって持っているに限るということになったわけです。やがてそのテクラへしまっておく大事なものを、テクラモノ……タカラモノと言うようになりました。

われわれがよく使う、「宝物」という言葉には、古代からずっと、手の中に持っていたいほど大切なものという意味があったのです。

果たして、あなたのテクラモノは何ですか。

しーっ。内緒、内緒。

滅多なことでは明かせませんね。どうぞ、お大切に。

〈推古天皇時代〉

第七話
今は昔「護符《おまもり》」あり

超自然のさまざまな威力に対して、あまりにも無力な人間は、とにかく何らかの力に寄りかかって、苦難から逃れたり勢いを得ようとしたりします。

超科学時代の現代でも、時代の激しい流れの勢いのためでしょうか、その重圧の苦しさや不安感から逃れようとして、さまざまな形のお守りを密かに持っていたりしますね。時にはそれがあるので、心強くもあり、勇気を持って生きていけたり、何かに挑戦する決心がついたりもします。

「護符」というのは、そんなもののことです。

今でも神社、寺院へ行けば、これでもかこれでもかと言わんばかりに、ご利益を強調してお守りを販売しています。21世紀の現代ですらこんなありさまなのですから、まだまだ公の情報などというものも無い、古代という、知識で知るより、さまざまな現象を感性で捉えていた時代では、いわゆる迷信と言えるものがかなりあって、身を守るためにいろいろな種類のお守りを持っていたのではないかと思うのです。

高貴な人などは、魔性のものから身を守るという、女性の領巾《ひれ》などを腹に巻いて旅に出かけたと言います。日本武尊《やまとたけるのみこと》などは、姉の忠告を守らずに、領布をつけずに山へ入ったために、魔物に襲われて亡くなってしまいました。

それではごく一般的な人……当時はほとんど農民でしたが、彼らは危険から逃れるために、修験者から教わった、「臨兵闘者皆陣列在前《りんぴょうとうしゃかいちんれつざいぜん》」という九字《くじ》の呪文を唱えて身を守ったりしていました。

ところがそんな中で、ちょっと変わっていたのが「急急如律令《きゅうきゅうにょりつりょう》」という呪文です。ここで使われる「律令」というものですが、これは古代の法律のことです。これに反したことをすれば、死に値するほど厳しいものだったのです。それ故にそれを唱えれば、いかなる魔も寄り付けないだろうと、その呪文を家の前に貼ったり、木札の裏に書かれたものを打ち付けたりして魔除けにしていました。

現代では、もうそんなものはとっくに忘れられてしまったと思われるかもしれませんが、三島由紀夫の『潮騒』という小説の舞台となった、神島の民家では全戸「急急如律令」の呪符を、玄関に掲げているということで知られています。奈良県田原本町でも、つい最近まで、その同じ呪文を彫った瓦を、屋根に載せるという風習があったというほどなのです。

こういった危険から逃れるためのお呪《まじな》いといえば、沖縄の宮古島などでは、「石敢当《いしがんとう》」などという文字が、塀の角、家の角などに彫られていたり、文字を刻んだ石が立てられていたりします。これは危険なものがぶつからないようにという、中国の武将の故事に因んだお呪いです。

それにしても、超科学時代の現代人も、それらの護符の存在を無視できないようですね。スポーツ、芸能界の人には、密かにお守りを持ち歩いている人がたくさんいます。

同じお守りでも、若い女性が持ち歩いているものは、一種のアクセサリーですから、まだまだ夢があっていいのかもしれません。

第八話
今は昔「暗殺に歴史」あり
〈天智・天武天皇時代〉

ジェームス・ボンドが活躍する映画、『００７シリーズ』では、狙ったり狙われたりと、目まぐるしい戦いを展開していますが、これはあくまでも創作上のことで、暗殺などということは、すでに死語かと思っていました。

ところが９年前に、そうではないことが生々しく報道されて、びっくりしたことがありました。

ロシアのチェチェン戦争の真相を追っていた女性記者、アンナ・ポリトコフスカヤが暗殺されたり、プーチン政権とチェチェン問題を批判した、ロシア連邦保安庁（ＦＳＢ）の元中佐のアレクサンドル・リトビネンコが暗殺されたりしたのです。どうもトロッキーの暗殺事件以来、暗殺事件については枚挙のいとまがないロシアです。

この他にも、中東を中心にしたテロの首謀者、ウサマ・ビンラディンの暗殺事件などが、まるで日常事件のように伝えられたことがありました。

それでは、わが国ではどうなのかと調べてみたのです。

するとこれが、暗殺に次ぐ暗殺で、かなり血なまぐさい事件が出てくるので、びっくりしてしまいます。超古代である大王の時代でも、いくつも記録されているのに気づきます。

暗殺によって、皇位を得たと言われる綏靖天皇《すいぜいてんのう》。本来は記紀で伝説上の初代天皇だとも言われている崇神天皇《すじんてんのう》は、百襲姫命《ももそひめのみこと》の予知能力のお陰で、暗殺から逃れたとも言われていますし、いささかショッキングではありますが、古代の英雄である日本武尊も、暗殺者ではなかったのかと言う人もあるくらいなのです。

政権を維持するためであったり、政権を覆すためであったり、政権を新たにするためにであったり、それぞれその目的は違ったとしても、権力を巡る奔流に巻き込まれてしまった以上、いつ暗殺という事件に見舞われるか知れないという、不気味な影と戦わなくてはならなくなってしまいます。

蘇我入鹿《そがのいるか》、有馬皇子《ありまのみこ》、早良親王《さわらしんのう》、菅原道真《すがわらのみちざね》、源実朝《みなもとのさねとも》、吉良上野介《きらこうずけのすけ》、井伊直弼、吉田東洋、芹沢鴨《せりざわかも》、考明天皇、坂本竜馬、中岡慎太郎と枚挙にいとまがありません。

みな、何らかの事件にかかわって犠牲になった人ばかりですが、中でも政治にかかわる者は、否応なく暗殺の危機に晒されてしまった人でした。

　時代の古い、新しいは関係ありません。

　暗殺の危機を、覚悟しなくてはならないのですが、昨今は狙う者も、狙われる者も、その攻防は実に巧妙ですから、緻密で、陰湿で、素早く、目標とした者を抹殺してしまいます。それだけに、私たちが気づくようなことは、ごく限られたもので、実はまったく知られないうちに、やったり、やられたりしているはずなのです。

　ごく一般市民にそんな心配はありませんが、少なくとも政治に携わる者は、すべてがグローバルになってきているので、今までとは違った、不安と危機の広がりを、覚悟していなくてはなりません。

　しかしそんな腹の座った政治家は、いらっしゃるでしょうか。関係のない市民としては、ちょっと不安になってしまいます。

第九話

今は昔「国に差別」あり

〈藤原京・女帝時代〉

住めば都といいます。

どんなところでも、住み着けば愛着が生まれて、なかなか離れにくくなるものです。その土地への愛着ばかりでなく、そこに住んでいる人との出会いや、付き合いが積み重ねられていくうちに、その一つ一つが、忘れ難い思い出となっていくものです。

しかし最近はどうなのでしょうか……。

ご近所との関係も、疎遠になっていく傾向が強いと言われます。土地への執着、その土地で培われた人間関係も、薄れていくように思えます。

そこで、今あなたが暮らしているところが、昔々はどんな評価をされていたところなのか、ちょっとした話題をお届けしたいと思いました。

古代の日本では、現在の県にあたる国の評価が、「律令」というもので四等級に分けられていました。言ってみれば、税の徴収を考えた上での色分けということなのですが、その土地の産物の多寡《たか》によって、仕分けられていたのです。

現代では路線価というものがあって、その土地の評価が発表されていますが、古代の朝廷が仕分けをした、国の等級とは、どんなものだったのか、じっくりとご覧下さい。

【大国《たいこく》】大和、河内、伊勢、武蔵、上総《かずさ》、下総《しもうさ》、常陸、近江、上野、陸奥、越前、播磨、肥後

【上国《じょうこく》】山城、摂津、尾張、参河《みかわ》、遠江、駿河、甲斐、相模、美濃、信濃、下野《しもつけ》、出羽加賀、越中、越後、丹波、但馬、因幡、伯耆《ほうき》、出雲、美作《みまさか》、備前、備中、備後、安芸、周防、紀伊、阿波、讃岐、伊予、筑前、筑後、豊前、豊後、肥前

【中国《ちゅうごく》】安房《あわ》、若狭、能登、佐渡、丹後、石見、長門、土佐、日向、大隅、薩摩

【下国《げこく》】和泉、伊賀、志摩、伊豆、飛騨、隠岐

若い人には、まるで漢字テストのようで、読むことすら困難かもしれませんが、果たしてどんな理由による色分けなのか、まぁ、ご覧下さい。

これは都のあった、畿内を中心とした等級分けなのですが、政治を司る者の関心事である税と関係が深いことなのです。ご存知でしょうが、当時の税には、「租《そ》」「庸《よう》」「調《ちょう》」という三種類がありました。

「租」というのは最も基本的な税で、現物納税のようなもので、米などの収穫を納めることになっていたわけです。そのころの日本は、豊葦原瑞穂国《とよあしはらみずほのくに》と言ったくらいで農業国だったのですから、当然のことだったと思います。

「庸」というのは労役で国に奉仕することで、成年男子などは、年間何日かは、絶対に務めなくてはならないことになっていましたし、「調」は繊維製品や海産物、鉱産物などという、その土地に見合ったものを収めることになっていたのです。

ところが飛騨国などは、特別に生産物がないので、下下《げげ》の下国などと、極めて侮辱的な評価をされていましたが、森林ばかりの土地だったので、飛騨の匠と高い評価を得る優れた木工技術を持った人々が、次々と送り出されるようになっていたのです。

さてあなたは、この国の等級をご覧になって、どんな感想をお持ちになられたでしょうか。いささか、考えさせられる問題でもありますね。

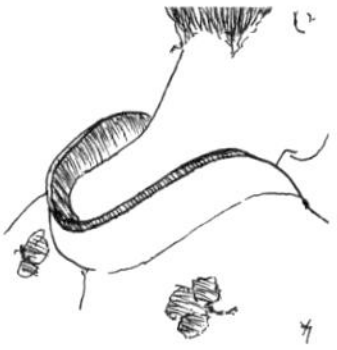

第十話
今は昔「ハレとケ」あり
〈天智・天武天皇時代〉

梅雨の季節の話題を考えていたところ、すぐに思い当たったのが、古代の「ハレ」と「ケ」ということでした。

昨今は、カジュアルスーツでも、結構お洒落でファッショナブルな衣装が多くなってきましたから、あらためて「晴れ着」などということは言わなくなってきましたが、それでもかなり改まったお出掛けの時などには、使われることがあります。

「私のとっておきの晴れ着なんだから」

実はこの「晴れ着」という言葉も、今日的な言葉ではないのです。それもはるか彼方の古代から使われてきた言葉です。

年配の方は日常的に使うことが多かったのですが、もう今はまるで死語のようになってしまいました。それでも改まったお出掛けの時や、改まった行事の当事者になったり、参加したりすることになったりすると、これまでにない衣装を身につけて、思わず、「どう、この晴れ着は？」などと評価を求めたりしてしまいます。

また、あまり表立ってしまって面はゆい時など、「晴れがましい」などという言葉も使うでしょう。

そんなわけで、通常とは違った状況を表現する時によく使われてきた言葉ですから、古代でも日常的に使われていたわけではなく、現代でも同様なのでしょう。

ちょっと意味は違いますが、改まったところへお出掛けする時など、かつては「よそいき」などと言って、日常とは違った雰囲気の衣装を身につけたものですが、こんな中でも、ひと際意味があったのは、「晴れ着」というものでした。

一体、これはどんなことから起こった言葉なのでしょうか。

飛鳥時代などでは、朝廷の大事な儀式が行われるのは、甘樫丘《あまかしのおか》という神の山に近いところにある、槻《つき》の木広場というところでしたが、多くの者が集まる必要から、晴天の日が選ばれるのが通常でした。

現代のように大きな体育館があったわけではありませんから、とにかく大事な行事は、晴れの日に限って行われたのです。そのために着ていく衣装が、晴れ着だったのです。

改まった気分になるのも、もっともですね。それに対して、ごく日常的な時に着る衣装のことを、「褻《け》の衣《ころも》」と言っていました。

つまり古代の人々は、改まった日の晴れ着と、ごく日常的な褻の衣を、きちんと使い分けていたのです。

現代でも、入社式、入学式、卒業式、結婚式、表彰式など、改まった気分で出席する時は、晴れ着になることが多いのではありませんか。

「今日は晴れ着で行こうかしら」

こんなことも、現代でもごく限られた時に使われながら、それが古代に原点があったなどということは、ほとんど知られなくなってしまいました。

集会所であるホール、公会堂などが整備されている現代では、晴天ではなくてもまったく問題にはなりませんが、年配者はもちろん、若い人も、言葉としてはあまり気にもしないまま、抵抗感なく使っているのではないでしょうか。

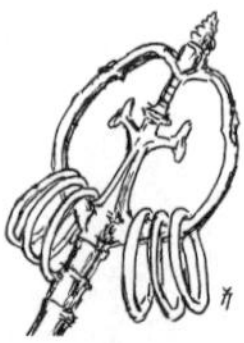

第十一話
今は昔「ヤマとサン」あり
〈藤原京・女帝時代〉

関西、特に古代の政治の中心地であった飛鳥地方へ取材に出掛けた時のことです。周辺には○○ヤマとか○○サンと呼び分けているところがかなりあります。

当初はほとんど、そのことに興味を持つことがなかったのですが、ある大河歴史小説を執筆することになった時、事前の調査はもちろんのこと、発表が始まった後からも、何度も飛鳥を訪ねて取材している最中に、どうも理解できないことに気づいたのです。

行くところ行くところで出合う山の呼び名が、「サン」と「ヤマ」と呼び分けられているということです。

どうしてこんな面倒なことをするのだろうかと、雑学に詳しい研究家に問いかけたところ、単純明快な回答が寄せられました。「ヤマ」と「サン」の呼び分けには、理由《わけ》があったのです。

奈良には、明らかに○○ヤマと呼ぶところと、○○サンと呼ぶところが存在しています。たとえば、よく知られている藤原京を囲む山々に、東は香具山《かぐやま》、西は畝傍山《うねびやま》、北は耳成山《みみなしやま》という三つの山があります。

これらは大和三山《やまとさんざん》と呼ばれて、大変大事にされていますが、さすがに神と人間との接点がごく近くにあった古都飛鳥らしいことだと思うのですが、ここの西には、奈良と大阪を分ける壁のように、山々が肩を並べて林立しているのです。

そこに存在する山々には、金剛山《こんごうさん》、葛城山《かつらぎさん》、信貴山《しぎさん》、生駒山《いこまやま》、草香山《くさかやま》というように、「サン」と呼ぶものがあれば、「ヤマ」と呼ぶものもあるのです。

飛鳥の古い時代は、みな神々の「ヤマ」だったのですが、その後いわゆる修験者《しゅげんじゃ》という者が現れてから、「サン」と呼ばれる山が増えていくことが判りました。

余談になりますが、頂上に大津皇子神社がある二上山を万葉ではフタガミヤマと呼んでいるのに、今はニジョウザンと呼んでいるのは、あまり好きではありません。

話を元に戻しましょう。奈良、大阪を分けるように聳え立つ山々は、金剛山、葛城山、信貴山は、大峰山《おおみねさん》で修行した、役《えん》の行者《ぎょうじゃ》、小角《おづぬ》などの修験者によって開かれた山だったのですが、生駒山は天上から、饒速日命《にぎはやしのみこと》という神が降臨したところだと言われているのです。

それに対して前者は、在家仏教徒の男性を優婆塞《うばそく》、女性を優婆夷《うばい》と言われる修験者が開いた山なのです。

すべてがそうして分けられているかどうかは、はっきりとは言い切れませんが、「ヤマ」と「サン」には、そういった仕分けがあるのだという知識をもっていることで、歴史の故郷を旅する時に、より旅を楽しむことができるのではないでしょうか。

飛鳥を訪ねると、周囲を山に囲まれているのが判ります。それだけに山の呼び名を知って、旅ができたら最高ですよ。

第十二話　今は昔「聖なるライン東西」あり

〈推古天皇時代〉

神々が、か弱い生命力の人を支配していた時代から、神の支持を得て大王が人を支配するようになった大和朝廷の時代は、神という存在に対する畏敬の念が強く働いていましたから、東西というラインが大変貴重でした。

東か西か、南か北かと、方向を気にするとしたら、見知らぬところへ旅をした時ぐらいでしょう。そうでなければ、大相撲がある時ぐらいなものかもしれません。

しかし、古代の中でも特に古い時代になると、東西南北の中では、特に東西が大事にされていました。つまり神々が人を支配し、指揮していた時代などは、東西というラインを大変大事にしていました。いわゆる、「聖なるライン」とも言われるのはそのためです。

簡単に言えば、東は日輪の昇るところ、西は日輪が沈むところです。もうちょっと違った言い方をしますと、疲れた生命が西へ沈み、東から活力を得て蘇生してくるということから、生命が誕生から死を経過して、再び誕生してくるということを繰り返す、極めて大事なラインが東西だったのです。神々の考え方が徹底していたころは、生命力が宿る東を崇め、新たな生命が蘇生する場として西を祈りの場として大事にする、この東西というラインが大事にされていたのは、当然なことです。

ところで大相撲では必ず力士たちが東西に分かれて対戦するようになっていますが、これは古代の神々の支配していたころの習慣が、色濃く残っているからです。力士が南北から土俵に上がることは、絶対にありません。

武内宿祢《たけうちすくね》と當麻蹴速《たいまのけはや》によって行われたのが始まりと言われる相撲も、勝負そのものが目的というよりも、五穀豊穣を祈る神事として行われたものでしたから、極めて真剣なもので、両者が東西に分かれて戦ったことは、当然のことです。

この東西ラインの尊重という思想は、神に対する考え方が違う沖縄でも同じで、陽が昇るところを東《あがり》、沈むところを西《いり》といって大事にしています。

大体、沖縄の神は海の向こうからやって来ると考える水平思考ですから、神は天上からやって来るという垂直思考の本土とは基本的に違う所はありますが、やはり東から誕生した新しい生命が、やがてその日の務めを終えて、太陽の生命を甦らせる洞窟があると言われる西へ入って、疲れた生命を再び活性化して東から送り出すと言われています。

ところで、聖徳太子や多くの天皇の御陵が、飛鳥の西にある、金剛山の西、摂津国……大阪につくられていることは知っていましたか？

仲哀天皇《ちゅうあいてんのう》、仁徳天皇《にんとくてんのう》、履中天皇《りちゅうてんのう》、反正天皇《はんぜいてんのう》、允恭天皇《いんぎょうてんのう》、安康天皇《あんこうてんのう》、雄略天皇《ゆうりゃくてんのう》、清寧天皇《せいねいてんのう》、仁賢天皇《にんけんてんのう》、継体天皇《けいたいてんのう》、安閑天皇《あんかんてんのう》、敏達天皇《びだつてんのう》、用明天皇、推古天皇、孝徳天皇の陵などです。

古代では、東の飛鳥から見て西に当たる、金剛山系の向こうにある摂津国（大阪）の方は、黄泉の世界だったのです。

ところが、やがて南北が大事にされる時がやって来ます。それはまた……。

〈藤原京・女帝時代〉

第十三話 今は昔「天子南面《てんしなんめん》に難」あり

前回、東西が大事な聖なるラインであったというお話をしたので、今回はその後、南北が大事なラインになったというお話をしようと思います。

実は東西ラインを尊重しているうちに、天皇をはじめ皇族の陵を作る土地がなくなっていました。

ちょうどそのころ、道教思想の陰陽五行説が浸透してきて、南北というラインが、尊重されるようになってきました。

すべてが南北ラインを目指したのです。

その象徴的な話に、中国の3世紀ごろにつくられたと言われている、指南車というものが挙げられます。

仙人の木像を乗せて、南を向けておくと、歯車の仕掛けで常に南を指すようになるという車のことです。

特に戦争で方向を決める時に使われたのですが、やがて剣道指南や囲碁、将棋指南などのように、○○指南、指南番という表現が使われるものがたくさん出てきました。そしていろいろな世界で、指導的な立場にある者を、指南役と呼ぶようになったのです。

そんなわけで、指導的な立場にある者は、常に南を指し示す指南車のように、不動の姿勢を表す象徴として、南を向くということを尊重するようになったのです。

日本の古代でも、「天子南面す」ということが言われるようになったのは、そんなことのためでした。都がつくられる時も、常に天皇が、南に面していられるところが選ばれるようになっていました。

ところが、飛鳥時代を築いた天武天皇から皇位を受け継いだ持統天皇《じとうてんのう》が、後押しをしてくれる藤原不比等《ふじわらふひと》の出身地である藤原へ遷都しようとした時のことです。天武天皇の長男である武市皇子《たけちのみこ》は、その地が宮都《きゅうと》としては向いていないと言って反対しました。

いわく天皇がいる場と、臣下の控える場の土地の高さが、逆になっているというのです。つまり臣下が天皇を見下ろす形になっているのです。これでは天皇も、いい気持ちでいられるはずはありません。藤原京はわずか十年という、短命の都という記録を残して終わることになったのでした。

指南車のように、常に南を指して行く不動の姿勢を保てということから生まれた、「天子南面す」という考え方ですが、果たして現代では、何があっても絶対に揺れない姿勢を保つ指導者が存在し得るのでしょうか。真の指南車が欲しい時代であるように思えます。

話は変わりますが、東西から南北のラインが尊重されるようになるというお話をしましたが、それもやがて、土地探しが困難になってしまい、その結果、火葬が考えられることになるのです。

南北のラインの尊重は解消されて、持統天皇は自ら火葬を決めました。

つい最近のことですが、今上天皇と皇后陛下も、現代の状況を考えて、これまでのような陵を築くことは困難なので火葬にして貰いたいと、申し出られているということです。

たかが東西南北、されど東西南北です。無視できない、いろいろな問題が含まれているものです。

夏之巻

第十四話
今は昔「夜明けに8000人」あり
〈聖武天皇時代〉

報道番組で朝の出勤風景をよく見かけます。

例えば、東京駅から人、人、人が、まるで洪水のような勢いで、丸の内を目指して流れて行くのを見ていると、思わずご苦労さまと声をかけたくなってしまいますが、一体古代の出勤風景はどのようなものだったのだろうかと、考えることがあります。

人口で比較するなら、とても東京駅付近のような光景などは見られるはずはないと思いますが、古代の中での大きな王朝と言われた、平城宮の様子を想像すると、それなりに面白いのではないでしょうか。

農民は別として、お役所である官衙《かんが》で働く官人たちは、現代のサラリーマンと同じように、出勤時間に遅れることは出来ません。

そのころ平城京には、20万人が住んでいたといいます。その中の官衙で働く人は、高級役人150人、中、下級役人500人、位を持たない下働きが、ほぼ6000人、宮中の人夫などがほぼ1000人、合わせておよそ8000人ぐらいだったといいます。

彼らの仕事は夜明けとともに始まるので、現代の出勤風景と似たような光景があったのではないでしょうか。今も昔も同じようなもので、上級の官人たちは、官衙に近いところに住んでいたでしょうから、かなりゆっくりと出仕することが出来ました。特に大臣クラスの高貴な方々にでもなれば、牛車《ぎっしゃ》などに乗って悠々とやって来て、早朝の出勤までには充分に間に合います。

一方、下級の官人たちは、まだきらきらと星が輝いている空を仰ぎながら、出かけて来なくてはならなかったのです。下級の者は、王宮からかなり離れたところにしか住めませんから、家を出るのも夜明け前からです。

農民たちも、夜明けと共に農作業を始めるのですが、もうそのころには、多くの官人たちは、平城宮の前に着いていて、午前三時に門が開くのを待っていたのです。

もちろん左大臣、右大臣、大納言、中納言、小納言、参議という、いわゆる太政官と呼ばれる、政治を動かしていく為政者の上級の官人たちの場合も、執務が行われる朝堂院《ちょうどういん》の門が開くのは六時半と決まっているのですが、もしそれに遅れた時は朝堂へ入ることは許されませんから、その南にある朝集殿《ちょうしゅうでん》というところで、開門を待っていたのです。

それでもこうした上級の官人たちは、午前中だけ仕事をして、早々に退出してしまいます。

その後の余暇が、趣味を楽しんだり、親しい者と交流したり、学術の習得や、追究をしたりすることに充てる時間になるのも当然です。

ところがこれに対して、下級の官人たちは、夜明けから日没まで、そばを一杯あてがわれただけで、せっせと働かなくてはなりませんでした。

どんな時代になっても、下支えをする人たちは、かなり大変な努力を強いられるもののようです。

朝の出勤風景は、今も昔もあまり変わらないし、働く人の様子も変わらないのですが、その中身が問題ですね。

第十五話

今は昔「職能集団」あり

〈推古天皇時代〉

古代でも、朝廷に勤めるにはある特殊能力が必要だったようです。しかし、決してスーパーマンが登場したり、怪獣が飛び出して来たりするような、マンガチックな話ではありません。

中国では科挙《かきょ》などという難しい試験を突破しなくては官吏にはなれませんでしたが、日本の場合は、ちょっと事情が違っていたようです。

朝廷に勤める官人たちは、おおむね一族単位で、その特殊能力を持って奉仕するわけです。たとえば佐伯《さえき》氏は地方の警護のために奉仕しましたし、大伴《おおとも》氏は朝廷の周辺の警護を受け持っていたというようなことです。

こうした職能集団の中で、国政により近いところで活躍した集団というと、何といっても物部氏と蘇我氏を挙げなくてはならないでしょう。

この物部氏は大和朝廷時代に連《むらじ》という姓《かばね》が与えられていましたが、その中から彼らを束ねる大連《おおむらじ》が任命されて朝廷に奉仕しました。この一族は神を信仰していて、主にその力を背景にして外交を行ったり、外国からの攻撃に立ち向かったりしていたのです。

彼らの支えといえば、何といっても神という存在でした。彼らは神を絶対的と思い、その思想に背くということは許しませんでしたから、それだけにかなり強圧的な、つまり強面な姿勢を取りつづけていたのです。そのために弱い立場の民にとっては、かなり煙たい存在でした。

そんな彼らとは対照的だったのが、蘇我氏の集団でした。彼らは臣《おみ》という姓を与えられて、その中から臣を束ねる大臣《おおおみ》がいて、朝廷においては内政面を受け持っていたのです。

つまり、物部氏の外交中心に対して、蘇我氏は内政中心という立場から、物部氏の神を背景にした清冽な姿勢に対して、蘇我氏は仏を背景にした慈悲の姿勢を貫いていったのです。

この姿勢の違いが、やがて大変大きな争いに発展してしまうのです。

朝廷の敏達天皇のころです。日本は本来八百万の神を信奉してきましたから、朝廷でも物部守屋が日本の神を祀りながら、外交を担当する連族の長である大連でした。

それに対抗するのは、朝廷の財政管理を担当する臣族の長である大臣の蘇我馬子でした。彼は先進国である朝鮮半島からその卓越した能力を買われてやって来たのですが、信奉するのは仏教です。しかし当時は日本の神も、仏も異国の神として存在していたのです。新羅国から、霊験あらたかだという弥勒菩薩像が送られてきました。

馬子はそれを日本の神と一緒に朝廷で祀ろうとしたのです。

「この船来かぶれめ！」

守屋の反対で願いは叶いませんでした。天皇から仏像を預けられた馬子は、一門の娘を尼にして仏殿を造り、そこで祀らせたのです。

八百万神派の守屋が、黙ってそれを見逃すはずはありません。配下を従えて、仏殿へ襲いかかったのです。彼らは仏像を奪って近くの川に投げ捨ててしまったのです。

疫病が流行ったのは、その直後のことでした。たちまち、仏像を粗末にしたからだということになり、守屋と馬子の仲はますます悪くなっていったのです。

そこへ敏達天皇が亡くなり、仏教に理解の深い用明天皇が即位したため、ついに物部守屋と蘇我馬子は修復不可能になって、古代の大戦と言われる戦いに発展していったのでした。天皇の子、幼少の聖徳太子も馬子の一員として戦うことになったことはよく知られた話です。

つまり、これが古代の大戦争と言われる丁未《ていび》の乱というもので、結果は馬子が勝利し、守屋は矢で射られて死んでしまい、物部氏は一気に没落していったのでした。

この時の戦いのきっかけとなった仏像……弥勒菩薩像は、聖徳太子からその付き添いをしていた秦河勝《はたのかわかつ》に贈られ、彼の支配地であった山城国、京都の広隆寺へ収められて、今日も人気を集めています。

第十六話　今は昔「小野の里に変事」あり

〈推古天皇時代〉

琵琶湖畔に小野の里というところがあります。

どんなところなのかというと、知る人ぞ知る、日本の歴史に深い縁のあるところです。聖徳太子が摂政の地位についていた飛鳥時代に、有名な『日出ずる処の天子、書を日没する処の天子に致す。恙無しや、云々』という親書をしたためて、小野妹子《おののいもこ》を遣隋使として、隋国の煬帝《ようだい》に遣わしたことがありました。その妹子こそ、この小野の里の出身なのです。

ごく近くには、日本へ漢字を持ってきたという和邇《わに》氏が住んでいたことから、「和邇駅」があり、古代の歴史にかかわる重要な役割を果たした土地であることが判るのですが、今回お話する小野の里には、ちょっと変わった事情があるのです。

かつて拙著『宇宙皇子』を執筆した時に、小野の里を取材に訪れたことがあったのですが、それから何年か後に、『篁《たかむら》・変成秘抄《へんじょうひしょう》』という小説を書くために、再び訪ねました。

実はその小説の主人公が、この町から出た、小野篁《おののたかむら》という平安時代の超有名人だったのです。

その時のことでした。篁博物館を訪ねると、彼の資料はほとんどないというのです。もしそれらしいものが見つかった時には、プレゼントしてくれませんかと、逆に懇願されてしまうほどでした。参議《さんぎ》という大臣クラスの人であったというのに、何という粗末な扱いをするのだろうかと、町の無関心ぶりには呆れてしまいました。しかしその時に、館長はこんなことを付け加えたのでした。

「ここは小野町ではありますが、小野氏はみな出て行ってしまって、誰もいないんですよ」

実に不可思議なことだなと思いました。

篁に話を戻しますが、彼は平安時代初期の朝廷で、参議にまで昇進したという、やんごとない人で、遣唐副使にまでなった人なのです。

ところが野狂の人と揶揄されるくらい変わった人だったのです。長幼の序といって、上司を大事にする時代の気風に逆らって、上司である大使の言い付けを拒否したことから、嵯峨《さが》天皇によって島流しにされてしまいました。その後、許されて京へ戻っても、朝廷での仕事を終えると、東の鳥辺野《とりべの》にある珍皇寺《ちんのうじ》という寺の井戸から地獄へ行って、閻魔大王の書記として働き、また夕刻になると西の嵯峨野にある清涼寺《せいりょうじ》の井戸から現世へ戻ってきたという、実に不可思議な伝説を残しているのです。

しかし、このような大臣クラスの人で、あまり事績が記録されていないというのは、実に不可思議なことです。さらにこの小野氏一族には、彼だけではなく、不可思議な運命が支配していたようで、小野妹子、小野篁、書家の小野道風、平安美人の代名詞小野小町と、知らない人はほとんどいないほどの名門なのですが、なぜか彼らは、皆、小野の里から出て行ってしまいました。

その結果、地名としては残っているものの、誰一人として、居住しつづけた小野さんはいないという、実に不思議な町になっているのでした。

小野の里に、小野なしというお話でした。

第十七話 今は昔「和戦の構え」あり

〈天智・天武天皇時代〉

日本人の感性には大変繊細なところがあって、ダイナミックな考え方をする欧米人とは、対照的ともいえるものがあります。

どうやらその繊細さというものは、古代から現代まで受け継がれてきたもののようですが、その特徴が鮮明に表れているのが、戦いに対する考え方といえるのではないでしょうか。

卑近な例でいえば、相撲の華、横綱の土俵入りの型にもその一端が表れています。

横綱の土俵入りには二つの型があります。一つは朝青龍が奉納土俵入りのときに披露した「雲竜型」というもので、せり上がりの時、左手を脇につけ、右手を横に伸ばします。これは左手は守り、右手は攻めを表わすそうです。もう一つは、白鵬、日馬富士が披露した「不知火型《しらぬいがた》」です。せり上がりの時、両腕を左右に大きく開くのです。これは攻めを表わしているものです。

昔は不知火型の土俵入りをする横綱は、短命に終わると言われたものです。しかし白鵬から、そのジンクスは破れてしまったようですね。

わたし個人的には、現役横綱が二人とも不知火型なので、雲竜型の横綱が出てきてくれないと、残念だな、と思ったりしています。

話が少し脱線しましたが、今回は、どちらの土俵入りが好きとか、嫌いとかという話ではありません。その型の表現する、戦いに対する考え方のことなのです。

日本人は、どちらの型が好みだと思いますか。

古代から受け継がれてきた日本人の好みということでいうと、攻めと守りを同時に表現した和戦の構え……つまり、雲竜型なのではないかと思うのです。

攻めだけでも駄目、守りだけでも駄目なのです。攻めと守りが、同時に表現されている必要があるのです。この考え方は一体、どこからきているのでしょうか。

それは古代人が、神が化身してこの世に現れてきた姿だと考えていた、ヘビの姿から感じ取ってきたものだったのです。

最近、都会地ではほとんど見受けなくなってしまいましたが、ヘビはくつろいだ時、とぐろを巻いています。しかし鎌首はぴっと立てて、万一の時にはすぐにも、飛びかかっていける態勢でいるのです。

古代人はこの姿を、日常的に必要な心掛けであると感じ取っていたのでしょう。つまり、くつろいでいても、常に外敵の襲撃には備えるという和戦両様の構えこそが理想だと、神の化身の姿から感じ取っていたのです。

そういう点から考えると、攻めだけが表現されている欧米型の不知火型の土俵入りは、パフォーマンスとしては受けるかもしれませんが、日本人の繊細な感性には、和戦両様の姿を表現した雲竜型が、一番ぴったりしていると思うのです。

昨今日本は、かまびすしい問題を内外に抱えていますが、和戦両様の構えでくつろぐヘビの姿を思い出して、日本人の繊細な感性というものを見つめ直してみると、何かのヒントになるのではないかと思ったりする今日このごろです。

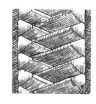

第十八話

今は昔「国に魂」あり

〈天智・天武天皇時代〉

超古代の話になりますが、黄泉の国では、大国主命《おおくにぬしのみこと》が中心となって出雲に君臨していました。大国主命は天上の神々の世界から非難をされて追放され、地上で生きることになった国津神《くにつかみ》と呼ばれる須佐之男命《すさのおのみこと》の孫に当たります。

彼らは主に先祖の霊を祭るということを大事な務めとしていたのですが、それに代わって天上界の天津神《あまつかみ》は、かつて須佐之男命と戦って勝ったことのあるという者に、その出雲を統治させようとしたのです。それを大国主命は拒否しました。そのために天上界の天津神と地上界の国津神との間で、戦いが起こってしまいました。

しかし結局は、天上界の勝利に終わり、いわゆる国譲りをしなくてはならなくなってしまったのです。つまりすべての支配権を、天上の神に任せることになったのです。

このあたりの経緯については、『古事記』などをお読みいただくといいと思うのですが、やがて天上から降臨してきた神々は、すでに手に入れている「権力」「武力」のほかに、統治には欠かせないもう一つの大事な条件に、「祭り……祭祀」という権威をも手中に収めようとしたのです。

地上の支配を、より確実にするためにはこれらの三権といわれるものを有効に機能させなくてはなりません。そのために、長らくこの出雲国を中心にして日本を支配してきた、大国主命の魂を、封じ込めることにしたのです。

彼の魂を封じ込めるということは、絶対に大和朝廷に逆らわないという証明なのです。つまり出雲国の魂を代表する大国主命の魂を封じ込めてしまわなくてはなりません。

神々は、大国主命の魂がこもっていると思われる、太刀をはじめ日常的に使われていたものを、確立したばかりの、大和朝廷の本拠地へ持ち去ってしまったのです。しかしそのようなものを、一体、大和のどこへ仕舞ったのでしょうか。

それが飛鳥の天理市にある、石上神宮《いそのかみじんぐう》だったのです。

祭神は、魂を活性化したり鎮めたりするという、布都御魂大神《ふつのみたまのおおかみ》なのですが、大和朝廷はここに、各国から集めてきた、さまざまな国魂を収めて封じ込めたのです。

とにかく、各地方を治めている支配者……当時は大王と呼ばれていた人たちですが、その人たちが大事にしているもの……つまり、彼の魂がこもっていると思われるものを収めてしまったのです。

魂を封じ込める……恨みで復讐をしないようにという狙いもあったのです。その国を代表する者の、魂を封じ込めてしまうことで、抵抗する意思を失わせてしまうこと、それは当時の朝廷にとって、国の統治のためには、極めて重要な作業だったのです。

「国魂」……、現代人には、とても考えられないことですが、目に見えないものへの怖れというものを持っていた時代の象徴でした。心というものを大事にしていたころのお話です。

簡単にものを捨ててしまう昨今ですが、それだけ大事にしている、思いのこもったものがなくなってきているということなのでしょうか。考えさせられるお話です。

第十九話
今は昔「天照大神《あまてらすおおみかみ》に謎」あり

〈天智・天武天皇時代〉

昨今は大変女性が勢いを増していて、どちらかというと、男性たちは押され気味だというのが一般的な印象です。女性が時代を動かしているといっても、おかしくないほどの活躍ぶりです。

そんな状況もあってか、昨今の若い男性たちは、女性の気を引くのに、大変なエネルギーを使うようでお気の毒です。しかしちょっと古代の歴史を勉強して、大いに自信を持っていただきたいものです。

昨今はあちこちでカップルの話題が出て、騒ぎ立てることが多いので、余計に気になるでしょうが、ちょっとここらで冷静になって、神々の時代を思い起こしてみてください。

実は日本の歴史を書き止めた『古事記』などに描かれた超古代……、つまり神話の世界では、当たり前のように、男神には必ず女神がついていていて、ほとんどの神様が対《つい》になっていました。その理由は、女神の魔力によって男神を守るという、大事な関係があったからなのです。

ここで、ちょっと変だなと、思った方がいるでしょうか。もし疑問を抱いた方は、かなり鋭い人だなと思います。

なぜかと言いますと、通常、天照大神は女神だということになっているからです。それでは彼女が守るはずの男神は誰なのだろうかという疑問が生まれます。

わたしの調べたところ、天照大神には、何と大日孁貴神《おおひるめのむちのかみ》という女神が付き添っているのです。

絶対神である天照大神が、天上界のおきてである決まりを破って女神と双神となっているのは、おかしいとは思いませんか。

かつて天照大神が、須佐之男命の乱暴に怒って、天の岩戸の中へ閉じこもってしまったことがありましたが、暗黒になってしまった地上に光を呼び戻すために、天鈿女命《あめのうずめのみこと》に、面白おかしく、舞を舞わせたということが言われています。これも相手が男神なら納得できるのですが、女神相手に行ったとすると、どうも納得しかねるのです。

天照大神を、女性にしなくてはならなかった原因は、わが国で最初の女帝……つまり推古天皇が即位した時、それまでの男性の天皇に従ってきた、豪族たちを納得させるために、日輪の天照大神は女神なのだからと訴えたからなのです。

本来は男神だったのに、都合によってその決まりを、ねじ曲げて解釈してしまったのです。

そこでわたしは、その疑問を神社の関係者に、問い糺してみたことがあったのですが、その結果、見事に次のように返答されてしまいました。

「天照大神が女神であるということも、まったく否定することができません。それは神というものが、その時その時に、男神にもなるし、女神にもなるからなのです」

つまり神仏には両性あって、接する人によって、見る人によって、どちらにも見えるというのです。確かにその通りですね。

しかしわたしには、双神という古代の神々の約束を考えると、やはり、大日霎貴神という、女神に守護された男神であった方が納得できるのですが、みなさんはどう思われるでしょうか。

古事記編纂を裏側で指揮していた者がいたことを考えると、恨めしくも思えます。

第二十話　今は昔「下山する神社」あり

〈推古天皇時代〉

通常、神社というと、住んでいるところの近くにあるか、仮に遠い所にあったとしても、ほとんどは人間が住んでいるところと、ほとんど変わらない平地にあります。ところが本来の神社は、こんなに人間に近いところにはありませんでした。それはそうでしょう。神様が、こんなに身近なところに存在するというのは、おかしいとは思いませんか。

古代において、神は天からやって来て、高い山へ降り立ちました。

そのため、まず神が祀《まつ》られたのは、その高い山の頂上だったのです。

ちょっと地図などを見つめながら、神が降り立ちそうな高い山を探してみてください。きっとそこが、信仰の対象になっているはずです。富士山はもちろんのこと、各地の高い山には祠《ほこら》があって、信者が参拝のために登山するところがかなりの数あるはずです。

とにかく、神々が高い山へ降臨したのを察知した者が、それに近づこうとして、苦闘しながら頂上に到達して、祈り、祀って、信仰してきたのでした。

ところがそのままですと、身体強健な人はいいとして、ごく通常の者、ましてか弱いものなどは、神に近づいて祈るということができません。

そんなことから、神に近づいて祈る感動というものを、ほかの者にも知らしめたいという思いで、誰でもやって来られるところまで下がったところに、社《やしろ》を作ったというのが神社の始まりなのです。

もともと神は、降臨した、高い、高い山に存在していましたから、もしそこへお参りに行こうとするのでしたら、とにかく苦しみながらでも、どんなに時間がかかっても、その高い山の頂上まで登って行かなくてはなりませんでした。しかし人間というやつは横着で、それをもうちょっと楽にできないかと考え、頂上から神の魂を中腹までおろしてきて、そこに神社をつくりました。

これで随分参拝は楽になりました。

しかし、一度楽に参拝することを味わってしまった人間どもは、これだけ身近に神がいてくれて、守護してくれるのなら、もっと近くに神社を作って祀ろうということになって、高い山から中腹へ、そしてさらに人間たちの住まうところにと、神社を移動させつづけて、今日に至っているのです。

とにかくより神に近づきたかったら、どんなにつらくても、どんなに困難に出逢っても登山をして、真に神が降臨したところまで赴いて参拝することです。

きっと達成感で満足することでしょう。近所の神社をお参りするのとは、まったく違った感動があるはずです。

自分の身の周りを見回してみてください。都会の開発はもちろんのことですが、神の憑代《よりしろ》となる、鎮守の森に囲まれた神社があると言えるでしょうか。

神がわたしたちの、より近いところまでやって来てくれたことは、大変うれしいことなのですが、果たしてその神を受け入れる体制は十分と言える状態になっているのでしょうか。

地方の鎮守の森にしても、だんだん森が守られなくなりつつあります。そんなことを、ちょっとは考えてほしいものです。

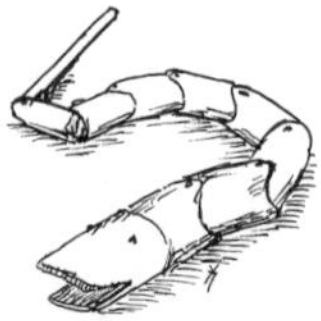

第二十一話
今は昔「化身」あり

〈推古天皇時代〉

まだ科学と言えるような知識がなかった古代においては、超自然的な不可思議な現象は、すべて神仏が姿を変えて現れたものだと考えられ、畏怖《いふ》されていました。

人々が、とにかく人知を超えた力を発揮する神の真の姿を何とか見届けることはできないものか、と思うようになったのは当然のことだと思います。

仏教が日本へ渡って来た時も、その威力というものは、超自然的で驚異的なものであると思われていました。

釈尊《しゃくそん》が亡くなってから56億７０００万年後に、弥勒菩薩がこの世に現れて、民を救うということが伝えられると、にわかに人々は、神仏たちは姿を変えて、すでに人間たちの近くへ来ているのではないかと考えるようになっていったのです。

神仏は一体どんな姿で我々の前に現れるのだろうか……興味深々でした。それにしても、弥勒菩薩が現れるという56億7000万年後というのは、いかにも気の遠くなるような時間を要します。やがて人々は、「神はすでに姿を変えて、我々の身近なところにいて、我々の生活を見守っているのではないか」

そんな風に考えるようになったのです。

そうでなければ、農民たちを助けるような力を発揮したり、時には厳しい試練を課して、人間の過ちを改めさせるきっかけを作ったりすることは出来ないはずです。そう思うと、ますます神の姿に接したいという欲求に駆られていったのです。

（神の姿を見届けたい）、古代の人々の思いは高まるばかりでした。

そんなことから、人々はある存在に注目するようになりました。それが「ヘビ」だったのです。

わが国は豊葦原瑞穂国と呼ばれるほどで、ほとんどの者が農業に携わっていましたから、彼らにとって天敵となっていたのは、何といっても稲田を荒らすネズミの存在でした。ところが、素早く動く彼らを駆除することはとても不可能で、ほとんど諦めに似た気持ちでいたのです。

そこでネズミを駆除してくれる、有り難いものがいることに気がつきました。それが、ヘビだったわけです。しかしその発見が、ただ単に天敵であるネズミの駆除ということだけにとどまっているとしたら、ただ有り難いだけで終わってしまったかもしれません。ところがそれから間もなく、さらに仰天してしまうようなことを発見したのです。

ヘビは季節が来ると、脱皮するではありませんか。

（あのような不可思議なことをして姿を変えるとは、神をおいてできることではない。ヘビに姿を変えて、神は我々を救うためにやってきていらっしゃるのだ）

このように超自然的な存在物が、あるものに姿を変えて現れることを、「化身」というのですが、神はこのように、人間が思いつかないさまざまな姿に変わって、現代でも我々の暮らしを見届けているかもしれません。

時には、身をただしておく必要があるように思うのですが、時には偽の神様が登場すると言います。飛鳥時代にも、富士山麓からおかしな神様が現れて、大騒ぎになったことがありました。

それは常世神《とこよのかみ》事件というものです。

聖徳太子の末裔である一族を抹殺してしまった絶対的な権力を握った蘇我入鹿は、それをいいことにして、横暴な政治を欲しいままにしていたころのことです。

畿内は天候不順で、激しい日照りがつづいたかと思えば、今度は氷雨が降り注ぐといった悪天候が襲いかかって、生活の出来なくなった農民たちが続出していたのです。

そんな時でした。駿河国の富士川のほとりから、大生部多《おおべのおおし》という者が、常世神というものを頂いて、畿内へ入って来たのです。その評判はたちまち広がって、救いを求める農民たちが、お供え物を持って群がりました。救われたい農民たちは、ますます集まってくるようになり、正気を失って踊りだしたのです。

そんな様子を見て、おかしいと感じたのは、山城国（京都）を支配する秦河勝でした。助手を使って大生部多という者の様子を探らせたところ、金儲けを狙ったいい加減な奴だということを突き止めて、こん棒を持つと彼に襲いかかり、完全に打ちのめして、いい加減な男を退散させ、常世神事件を収めたのでした。

どうぞ、ご用心ください。

第二十二話
今は昔「ワザオギ」あり
〈天智・天武天皇時代〉


昨今はタレント全盛時代で、テレビなどでは、お笑い芸人たちが中心となったバラエティー番組が多く放送されています。いわゆる俳優たちも、本来のドラマを演じるのではなく、お笑いタレントの中に入って、気軽なおしゃべりをしてお茶を濁しているのが現状で、俳優にとっては、それは本来の目的とは違った使われ方と言ってもいいでしょう。

やはり、俳優は俳優らしく、ドラマでしっかりとした演技を披露することが、本人はもちろん視聴者にとっても楽しみなはずです。

しかし世の中が、長いこと閉塞状態にあったことから、世間は重いものよりも、軽いもののほうが、受け入れやすくなっています。

そのために昨今は、どうしてもバラエティー番組に頼るしかなくなっています。そのようなことに思い巡らしているうちに、ふと古代のある時に、「ワザオギ」……演ずる人と言われている俳優が重要な役割を果たした事件があったことを思い出しました。

飛鳥の蘇我一族全盛時代のことです。その者の名前も、はっきりとはしていません。

馬子、蝦夷、入鹿と、三代にわたって権勢を誇っていた彼らは、甘樫丘という神奈備山《かんなびやま》という神聖なところへ、豪華で堅牢な城郭を思わせるような別邸を築いたのでした。それを見て、心ある者が苦々しく思わないはずはありません。

中大兄皇子《なかのおおえのおうじ》や南淵請安《みなぶちのじょうあん》、中臣鎌子《なかとみのかまこ》……、後の藤原鎌足《ふじわらのかまたり》という同志は、いつか入鹿の誅殺を考えるようになったのです。

ちょうど、朝鮮三国の朝貢を行うことになっていた皇極四年（645年）六月のことでした。

儀式は、朝廷の正殿の庭で行われます。天皇が出席するのはもちろん、入鹿も列席しなくてはなりません。正殿の庭で彼を斬るということになったのです。私憤によるものではなく、あくまでも公憤なのだということを、天皇にも判ってもらうためにも、すべてがその面前で行われなくてはなりませんでした。しくじれば、逆臣として抹殺されてしまうでしょうから。

当日はまず、石川麻呂《いしかわまろ》に偽作の上奏文を読ませ、それを合図に、かねてから物陰に潜ませていた刺客が飛び出して入鹿を斬り、同時に中大兄皇子は槍で突き、鎌子は矢を射るという手はずになっていました。

計画は実に密なもので、当日入鹿が太刀を帯びていると、斬ることに失敗するかもしれないというので、彼が皇居に入る前に、あらかじめ俳優、ワザオギを入り口に置いて、言葉巧みに太刀を解かせたのです。

その計算は的中しました。

俳優の絶妙な演技のお陰で、入鹿はすっかり気を楽にして太刀を解き、天皇の間に進み出て行ったのです。

その時でした。

計画通り入鹿暗殺が行われ、世に言う「大化の改新」が成就したのでした。

綿密な作戦計画はもちろんですが、その直前で俳優の果たした役割は極めて大きかったように思います。堂々としたその演技こそが、大化の改新の真の功労者だったのではないでしょうか。しかし歴史の中に、その者の名前はありません。

第二十三話
今は昔「非時香菓《ときじくのかくのこのみ》」あり
〈天智・天武天皇時代〉

古代も現代もありません。長寿であること、特に不老長寿は、万人の願いでしょう。年々現代人が健康志向になってきているのも、元気で長生きしたいからだと思います。病気で長生きということになってしまっては、楽しいことも味わえませんからね。

現実的なことを申し上げれば、医療費もばかになりません。

不老長寿という願望は、世界のどの国の人でも、同じだろうと思うのですが、中国の場合は、その不老長寿を本気で求めていたようです。

紀元前２００年前の秦の時代のことです。徐福《じょふく》という者が秦の始皇帝に願い出て、一説には始皇帝の命によって、童の男女３０００人と五穀の種、百種類の工人を伴って船出をしたといいます。この時始皇帝は、徐福が亡命するのではないかと察したようですが、とにかく東海の小島……日本のことのようですが、その島にあるといわれている不老長寿の樹の実を取って来るように命じました。そうでないと、徐福がこのように多くの人間、多くの種類の工人たちを連れて行くのを、不可思議に思わないはずはありません。

当時秦国は法治国家になっていたので、大変息苦しくなっていたのです。そこで徐福は、亡命を図ったのではないかと言われているのです。始皇帝もそれを承知で船出を認めました。

それには理由がありました。

始皇帝はこの頃中央集権を確立して、西、南、北の国境は固めたのですが、東は海で、その先の向こうは未知の国だったのです。そこで彼は、いかにも徐福の目的には気がついていないふりをして、東の未知の国の情報を得ようと、噂で名高い東海の小島にあると言われている、不老長寿の妙薬を取って来るようにと指示したのです。

その後、徐福の村では、帝の希望に応えることもなく、行方不明になったまま帰国しなかった彼に、怒りを燃やす者が多かったといいます。

日本の場合に話を移しましょう。戦前に行われていた〝修身〟という教科書の中で、必ず載っていた話があります。

第11代垂仁天皇《すいにんてんのう》から、不老長寿の妙薬を探して来いという命を受けて旅立った田道間守《たじまもり》という役人の話です。

十数年という長い長い月日をへて、やっと神仙国《しんせんこく》から、「非時香菓」という、常に芳しい香りを放つという木の実を彼は必死で探し出して戻って来るのですが、その時はもう彼のことを知っている者は、ほとんどいなくなってしまったといいます。

その実は、どうやらタチバナの実の別の名のようですが、命に従って、必死で使命を果たしてきた役人にとっては、あまりにも気の毒なことです。

中国の場合も日本の場合も、権力者の関心事は、不老長寿であったことがうかがえます。

現代人も、不老長寿でありたいという願望は、変わらないと思うのです。

しかしその一方で、飽食という問題を抱え、足元から健康を害するような誘惑が、身の回りを取り巻いています。そのことを、決して忘れてはならないと思います。

摂生が肝心ですね。

第二十四話 今は昔「斑鳩《いかるが》に理由《わけ》」あり 〈推古天皇時代〉

現代では権力者に圧倒的な力がない時、数名が協力して事に当たる、連立内閣という策がありますが、同じような例が古代にもありました。

第32代崇峻天皇《すしゅんてんのう》が崩御します。その後、群臣に推挙されて炊屋姫《かしきやひめ》は、豊浦宮《とゆらのみや》で即位して推古天皇となった時、はじめての女帝であるということもあり、彼女を支える者が必要でした。実力者とはいえ、蘇我馬子では片寄り過ぎるという心配があり、天皇の甥にあたる聡明な聖徳太子を摂政に就けて、馬子との両輪とすることを考えたのでした。いわゆるトロイカ方式というやつです。

先先代敏達天皇の子で竹田皇子《たけだのみこ》を登用しなかったことは、賢明な処置であったように思いますが、とにかくこれで、よく知られている、推古天皇、摂政聖徳太子、蘇我馬子という、三頭政治がスタートしていくのです。

この朝廷はまず仏法僧《ぶっぽうそう》という、三宝の興隆を行おうということを宣言することから始まりました。

何もかも順調な滑り出しと思われました。

ところが摂政となってから9年後の推古9年（601年）のこと、太子は斑鳩の里に、自らの拠点である斑鳩宮を造宮し始めたのです。

思わず「なぜ？」と呟いてしまいます。実は後の推古11年に朝廷は、豊浦宮から少し離れた小墾田宮《おはりだのみや》に遷宮したのですが、そこから、16キロ……四里もあるというのです。

なぜ太子は、そのような不便なところへ拠点を作ったのでしょう。権力者の馬子から、遠ざかりたかったのではないのかとも思えるのですが、もっとほかに理由があったのではないでしょうか。

その一つが、彼の愛していた妃の一人である菩岐々美郎女《ほききみのいらつめ》が、ここに拠点を持っていた膳《かしわで》氏の出身であったということです。太子は彼女の父にかなり支えられていたのです。

しかしそれも、ちょっと違うように思えるのです。

この地には、先進の知識を持った客人、つまり帰化人たちが多く住んでいました。太子はここを拠点にして、自分の理想とする国家をつくろうとしていたように思います。

ここからは、龍田道《たつたみち》を通って河内《かわち》へ出て、やがて難波へ出る街道がありましたし、飛鳥から二上山《ふたがみやま》のふもとを通って、竹内街道《たけのうちかいどう》をへて難波へ抜けられる道もあったのです。

ここに拠点を持つということは、大陸文化を積極的に取り入れようとしていた太子にとっては、極めて都合のいいところであったはずです。

推古12年（604年）には、太子はあまりにも有名な「十七条憲法」を制定しました。太子による国家は、ここから誕生していたかもしれません。

彼が朝廷からかなり離れた、この斑鳩の里をわざわざ拠点に選んだ理由は、かなりはっきりとしてきます。

太子の斑鳩の里への移転には、さまざまな謎が秘められていたように思えてなりません。彼の人気の秘密は、そんなところにあるのではないかと思います。

第二十五話

今は昔「清浄歓喜団《せいじょうかんきだん》」あり

〈聖武天皇時代〉

名前を見ただけでは、中国の曲技団かと思ってしまうでしょう。実はまるで違うものの名称なのですが、まずはそれが、日本へ入って来たころのお話からいたしましょう。日本は国際状況の収集や大陸文化を吸収するために、西暦６３０年に遣唐使として犬上《いぬがみの》御田鍬《みたすき》という者を派遣してから、多くの収穫を得てきました。しかし、８９４年に戦乱が起こって治安が乱れているところに、学問の神様として信仰を集めている菅原道真の提議によって遣唐使は廃止されてしまいました。

話を元に戻します。毎回、６００人ほどの学僧たちを中心にして、４隻の船が文化の先進国であった中国へ渡って行き、さまざまな仏教の経典が持ち帰られたことは、ほとんどの方が知っておられるでしょう。しかしその時、そのほかにも日常生活にかかわりのある、貴重なものも持ち帰られてきていました。

そんな中にこの「清浄歓喜団」と言う、実に不可思議な名称を持ったお菓子があったのです。

そう。「清浄歓喜団」とはお菓子の名前だったのです。

それが京都の嵯峨菓子店で仏教のお供え物として復元されているということは、歴史小説を執筆中に調べてあったのですが、実際にそのお菓子というものを目にする機会がないまま、あっという間に数十年もたってしまったのでした。

幸いなことに、京都の嵯峨芸術大学への奉職が縁となって、突き止め損なっていたものを調べてみる機会を得ることになりました。ある日地図を片手に散策しながら、遣唐使によって持ち帰られたお菓子を復元しているという、「亀屋清永」という店を八坂神社の目の前に発見したのです。

もちろん、珍しいものなので、友人たちへのお土産とするためにも、いくつか買い求めてきました。

唐菓子を「からくだもの」と言います。この「からくだもの」は、七つの香を入れて包みこんであり、小さな巾着袋風に作られています。先端には八つの結び目があるのですが、それは八葉の蓮の華を表わしていると言います。ちょっと変わった形のお菓子です。

もともとは、一般庶民の口には入りませんでした。一部の貴族に限って、手に入れることが出来たものだということです。

それは主に仏教の供え物として使われてきたもののようで、表面はかなり固い干菓子のようなものです。

原料となっているものは、あんずなどの木の実を、かんぞう、あまずらなどの薬草で味付けをしたもののようでしたが、やがて徳川時代になると、それに小豆餡を使うようになりました。

仏前に供えるということもあって、日常的に、ちょっとつまんでお茶を楽しみましょうという時には不向きです。やはり、これは仏様への御供え物として大事にしておきましょう。

古代の名残が現代でも生き続けているということのほうが大事です。京都というところは、そういった伝統を大事に守っているだけではなく、こうしてお店で販売しているというのがうれしいですね。機会がありましたら、覗いてみませんか。

観光旅行では気がつかないで終わってしまう、古代のお菓子のお話でした。

第二十六話
今は昔「サヨナラ」あり
〈天智・天武天皇時代〉


誰でも一度は経験があると思うのですが、友達や同僚と別れる時、思いをこめて、「さよなら」と言って、手を振ってあいさつしたことがあるでしょう。

そうでなくても、ごく日常生活の中で、「じゃ」と軽く手を上げて別れるというようなことはよくあることです。これは前者のように、親しみをこめてするあいさつとは違いますが、それでもそれを行う意味には、ほとんど違いはないように思います。

しかし、どうしてこんなことをするのか、考えたことがあるでしょうか。

実は古代から行われてきた習俗と、大いに関係があるのです。

つまり、現代でも当たり前のように行われていることが、実は古代の習俗を受け継いできたものが今日に至っているということになるのです。

もちろん現代では、手を振るなどという単純な行為に深い意味があったのだな、と考える人は、ほとんどいないでしょう。しかし、古代では、極めて重要な行為の一つであり、しかも人のことを思いやる行為だったのです。

「手を振る」

実はこの「振る」ということに、大変重要な意味が含まれていました。つまり相手の人に、活性化した「気」を送るという意味があったのです。

こういうことを、古代では「魂振《たまふ》り」と言っていました。要するに、魂を鼓舞するということでしょう。

こんな歌を読んだり、聞いたりしたことがありませんか。

あかねさす　紫野《むらさきの》行き　標野《しめの》行き　野守《のもり》は見ずや　君が袖振る

大海人皇子《おおあまのおおうじ》と中大兄皇子が、薬猟《やくりょう》を楽しむために蒲生野《がもうの》へ出かけた時のことです。同行した額田王《ぬかたのおおきみ》に対して、大海人皇子がさかんに袖を振って合図を送ってくるので、彼女は野守が見とがめたりしないだろうかと、不安な気持ちでいましたと詠ったものです。

この大海人皇子が盛んに袖を振るのは、好きな額田王へ高ぶる活性化した「気」を送ろうとしたからです。つまり彼女の魂を揺さぶって活性化することで、元気でいてもらいたいという気配りの行為だったわけです。古代ではそんなことがかなり重要な習慣でした。

「また逢いましょう。それまで元気でいてね」

親しい人たちの間では、そんな気持ちをこめて活性化した「気」を送るために、袖を振ったり、領布を振ったりしていたのです。それが時をへるにつれて、ハンカチを振ったり、帽子を振ったりしながら、手を振るようになってきたというわけなのです。

しかし、昨今は、だんだんそうした光景を見なくなってしまいました。人間関係が薄らいできてしまったためか、別に感情の高ぶりもなく、「じゃぁね」とか「バイバイ」と簡単に言って別れて行きます。

昨今の別れの光景を見ると、相手の健在を願うような思いは、あまり伝わってきません。いつまでも相手のことを思いやる気持ちが溢れて、ついつい大きく手を振って、別れを惜しむ風習は、いつまでも残しておきたいのですが……。

秋之巻

第二十七話 今は昔「イ罵《の》り」あり

〈推古天皇時代〉

「イ罵り」というのは、ほとんど聞き慣れない言葉かもしれませんが、実は通常われわれの使っている「祈り」の意味なのです。

しかしどうして、「イ罵り」なんておかしな表記の仕方をするのでしょうか。今回は、その変わった表記をする理由についてお話します。

日ごろ、神社仏閣へ参拝する時、神に祈る場合と、仏に祈る場合では、作法が違うことはご存知ですね。

手をパンパンと叩いて祈る神社と、静かに両手を合わせて祈る寺院という違いぐらいは、ほとんどの人が知っていると思うのですが、もうちょっと詳しく、その違いを知っておく必要があるようです。

仏様には、わたしたちの知らない、いえ、いかなる先人たちも知り得なかった、「死後の世界……天上界へ行く時が来ましたら、よろしくお願いいたします」ということでお参りします。

それに対し、神様には、そのような祈り方をしては、とても願いは叶えてもらえません。すでに「キガレ」（20頁）の項で触れましたから重複は避けますが、とにかく神様の前では誓わなくてはなりません。こんなに活力を持って生きているんだぞと、その気概をぶつけていかなくては、神様は決して助けてはくれないのです。

それなのに初詣の時、ほとんどの方は、「今年の幸運をお願いいたします」とやっています。そんな弱々しいことを言っているようでは、神様はまったく受け付けてくれないのです。その年一年を、どう生きようとしているのかを、気迫を込めて誓わなくては、神様は応えようとはしてくれません。

古代の人は、みな信仰深かったでしょうから、それぞれが自分の守り神というものを持っており、何か重大なこと、一大決心をして事を行う時には、その信仰する神様のところへ行って、「イ罵《ののし》る」ことをしました。

ところで、「イ罵り」の「イ」についてですが、古代では、「イ」というのは「命」のことを指しました。ですから「イ罵る」というのは、生命をかけて罵るということなのです。

神を真剣に畏怖していた時代に、神を罵るなどということは、とても恐ろしいことで、下手をすれば命を落としかねないことです。それでも真に神の加護が欲しい時には、一大決心をして神に挑戦しなくてはならなかったのです。

宿敵を討つ時などは、思い切り激しい言葉で神を罵って、神が怒り狂ってその威力を誇示しようとするのを利用したのです。

「もし、このわたしの決心に力を貸してくれないのなら、そんな無力なあなたを今後二度と信仰することはない！」

こんな風に罵ったようなのです。

すると挑まれた神様は、命を失うかも知れないという危険も顧みずに敢えて挑んできた強い意志を持った者に対して、「よくも命を失うことも恐れずに、わたしを罵ってきたな。神たるわたしの威力を思い知れ！」

ということで、その力を発揮して、祈願する者に加担するというのです。

古代においては、神に祈るということは命懸けの行為だったのでした。

第二十八話
今は昔「魔性」あり
〈天智・天武天皇時代〉

昨今は、女性が時代を動かしているといってもおかしくないほどの活躍ぶりですが、このような状態は、今に始まったことなのでしょうか。いえ。決してそうではないようです。

昔は男性絶対だったはずなのに、昨今では完全にその地位は逆転してしまっています。

女性上位は古代から始まっていたようですが、その本質は何なのかというと、「魔性を持っている」ということなのです。

古代の人が捉えていた女性の魔性というのはどんなものだったのでしょうか。

いささかセクシュアル・ハラスメントにかかわると非難されそうな気がするのですが、これはあくまでも、古代の人々の感性がそう捉えていたことによるのだとお考えください。

少しえげつない表現になってしまいますが、その本質とは、女性が男性と交わることによって、子どもを産むという不可思議な力を持っているということなのです。

これは神話の時代であろうと超科学時代の現代であろうと変わらない、女性に備わった不可思議さと神秘です。人知を超えた、魔性のなせる業であるとしか言いようがありません。まさに神業です。男性には決して成し得ない不可思議な力なのです。

ところで本来、魔性という捉え方は、畏怖する気持ちから生まれたものだったはずです。その感性を証明するような事件が、神話に残されています。

よく知られた話としては、天照大神、月読命《つきよみのみこと》、須佐之男命の親である、伊邪那岐命が、妻である伊邪那美命に死なれた時のことでした。伊邪那岐命は彼女を恋するあまり、天界では絶対に行ってはならないと言われている死者の国……黄泉の国へ行って、再会を企てようとしました。

ところがそこで巡り合ったのは、現世での姿とはあまりにもかけ離れた、醜い妖鬼となってしまった伊邪那美命でした。

あれほど愛し合った人だったのに、妖鬼となって襲いかかってきそうな彼女に驚いて、伊邪那岐命は慌てて逃げ出しました。ところが彼女は恐ろしい形相で執拗《しつよう》に追って来ます。必死で逃げる伊邪那岐命は、間もなく妖鬼に、捕らえられそうになってしまいました。

その時でした。伊邪那岐命は、魔除けになるということで知られていた、桃の木の実をちぎって投げつけたのです。その結果、伊邪那美命の妖鬼は、おどろおどろしい叫び声を上げて、追跡することをあきらめたといいます。

桃の実に宿る魔性によって、伊邪那岐命は、妖鬼の追跡を阻むことができたのです。ところで、桃の実は、女性の象徴……つまり女性の魔力を秘めたものであり、伊邪那岐命はそれを投げつけることによって、危機から逃れることが出来たのでした。

女性が男性よりも生命力に富んでいるのも、その魔力のせいかもしれませんね。女性はあくまでも、神秘な力を持った存在なのですから、男性にとっては大事な存在であることは、間違いありません。

第二十九話

今は昔「魂離《あくが》れ」あり

〈推古天皇時代〉

古代の人たちの四季の変化に関する考え方は、夏がやってきて日輪……太陽の活力が頂点に達していくと、それからは徐々にその勢いが衰えていくようになって秋になり、やがて勢いを失う冬になっていく、というものでした。

最近、つくづく思うことなのですが、漢字には実に意味深いものが多いようです。その表記に込められた意味が、ずばりとその核心を突いていることがありますし、微妙な雰囲気を伝えていることも、あるように思います。

例えば「魂離れ」という言葉です。つまり文字通り、魂が体から離れていくという、頼りない状態を表す表現なのです。

恐らく多くの方は、ほとんど出合ったこともない言葉だと思いますが、これは古代で生まれた言葉のようです。ところが21世紀の現代でも、「魂離れ」が基になった言葉が生きつづけています。

昨今よく知られた言葉で言えば、魂が体を離れていく状態を「霊体遊離」と言います。お笑いタッチでやっている興味本位のものとは違って、本来は、気持ちも虚ろになってしまったような状態……つまり物思いにふけった結果、あたかも体から、魂が離れてしまう状態を指した言葉です。その時の姿を想像してみませんか。

最近は「スポーツの秋」「食欲の秋」「旅行の秋」などと言われることが多いですが、ちょっと前までは、「物思いの秋」などと言われることが多かったはずなのです。同時に精神的な発露である「芸術の秋」、それと同じような意味で、「読書週間」などが設定されたりしてきました。しかし、気持ちも虚ろになり、魂が離れてしまった魂離れした状態では、とても読書どころではありませんね。

例えば、好きな歌手、好きな俳優のことを思ったりしていると、知らず知らず、恍惚《こうこつ》状態になってしまったりすることがあるでしょう。その時など、まるで魂を奪われたように、ぼーっとしてしまいます。まるで魂が自分から離れて行ってしまったかのような状態になってしまうはずです。そんな陶然とした状態を、古代の人は「魂離れ」と表現していたのです。

ところで、11月23日には新穀の収穫を神に感謝するお祭り、新嘗祭《にいなめさい》が天皇により催行されますね。本来は、日輪の意思を受けて臣民を統治することになっている天皇が、秋になり太陽の勢いが衰えていくのにつれて、次第に統治者としての勢いを失い、「魂離れ」状態になるのを心配して、新たな活力がこもった、収穫したばかりの新米を食べたのが新嘗祭なのです。

ところが、現在は「勤労感謝の日」などと呼ばれていますので、古代の人が大事にしていた意味は、ほとんど伝わらなくなってしまいました。

とにかくこうして注目されてきたのが、「魂離れ」というものなのですが、それが時代をへるに従って、魂を奪われたように、ついぼーっとしてしまう状態を、「魂離れ《あくが》」……「憧《あこが》れ」と言うようになったのです。

さて、現代のあなたは、「魂離れ」してしまうほど、夢中になれるものがありますか。夢中になるものがあるのは、幸せですね。

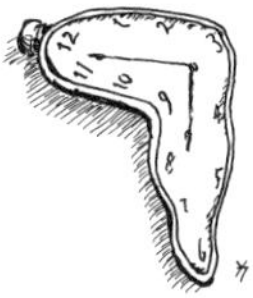

第三十話

今は昔「夢占い」あり

〈推古天皇時代〉

夢というのは見ようと思って見られるものではありませんが、実に不可思議なものです。「今日は夢見が悪かったな」

朝起きた時、何だかすっきりとしないことがあります。そしてその日、一日中、「どうしてあんな夢を見たのだろうか」とその原因がはっきりとしないまま、何か重苦しい気分で過ごすことがあります。

占いの本に、「夢占い」というものもあるくらいで、その原因がはっきりとしない不可思議さは、古代も現代も同じようなものがあるようです。

ある程度の精度で精神的な解析ができる現代であっても、夢については、なお不可解な部分が残ります。超科学時代であっても、このような状態なのです。科学というものが浸透してなかった古代では、夢は神がある暗示を与えるものとして、極めて大事な関心事でした。特に為政者たちの興味の示し方は、異常なものがありました。中でも現世でその最高位にある天皇にとっては、権力だけではどうにもならない、夢というものの存在は、実に不気味なことでもあったようです。

ところで、古代においての夢は、神々と交信するために、人間が見るものであり、神々は見ないものでした。

『古事記』『日本書紀』においても夢の記述が出てくるのは、記紀伝説上のもう一人の初代天皇とされている、高天原《たかまがはら》から降臨した瓊瓊杵尊《ににぎのみこと》の曾孫で大和国檜原宮で即位した神武天皇からです。はじめは巫女による、神懸かりの託宣《たくせん》を得るということでした。天皇が神託を得るために見る夢は、三十一文字の和歌で、お告げがくると言われており、やがて聖徳太子も、「夢殿」を作って、神託を受けるための特別なところとして、大変大事にしていたようでした。

とにかく夢は、自然に見るものではなく、請い願って見るものでもあったのです。そのために古代の貴族は、夢から何かお告げを得るために、お告げを受けやすいとされる寺社などの聖地、京都の清水寺、石山寺《いしやまでら》、奈良の長谷寺のようなところへこもって、夢を見ようとしました。

しかし悪い夢を見てしまった時は、どうしていたのでしょうか。

聖徳太子は夢殿にこもっていましたが、夢はいつもいい知らせばかりとは限りません。時には、いやな夢もあったはずです。そんな時のために、「夢違え観音」が祀られていたのです。いやな夢を見た時、菩薩が悪い夢を吉に変えてくれると信じて信仰されていたと言います。

ところが、時代をへると、その夢の意味することがどんなことなのかを解析する商売をする者が現れたり、さらに、いい夢を見た人からそれを買い取るなどということを、考えたりする者が現れたりするようになってしまいました。それを手に入れて、ほかの者に転売するのでしょうか。

大体いつの時代でもそうですが、ここまでくると、いい夢見を願う風潮も終わってしまいます。しかし、たかが夢、されど夢ですね。

少年、少女のころ見たアニメーション番組、『宇宙戦艦ヤマト』『銀河鉄道９９９』の影響で、宇宙飛行士を夢見て、それを一生懸命に追いかけた人々が、次々と宇宙を目指して飛び出して行く姿を見ると、その脚本を書いていた者として、いい夢が届けられたなと、うれしく思ったり、誇らしく思ったりもしているところです。

第三十一話
今は昔「月夜の自殺行」あり
〈平安時代〉

昨今の暗い話題の中で、ちょっと気にかかるのは、自殺の多さです。どんな時代にも、思い詰めて死を選ぶということはあり得ることですし、それを完全に阻んだり、思いとどまらせるための名案も、なかなか見つかりません。

それは死を選ぶ事情にそれぞれの複雑な理由があって、それについては、誰もうかつに深入りすることができないという事情があるからです。

かつて歴史小説の取材で、和歌山県の熊野を取材しているうちに、ちょっと変わった死の在り方に出合いました。

現代ではそのようなことが行われてはいないことは当然のことですが、取材がきっかけで調べていくうちに、そこにはシニアの増える現代でも考えさせられる問題が潜んでいたということにたどり着きました。

和歌山県の那智の港あたりから、「補陀落渡海《ふだらくとかい》」という旅立ちをする者がかなりいたのです。

観音信仰の究極の願望として、いつか観音菩薩のおられる聖地と言われる補陀落へ行きたいと願うことは、信仰に厚い時代のことだけに自然の成り行きであったように思えるのです。

現代の自殺のように、ただただ時代に絶望して死ぬなどという、後ろ向きで救いのない自殺とは違って、補陀落渡海をする者には、観音様の聖地へ行きたいという熱い思いがあり、希望に満ちたものだったのではないかと思います。

しかしそれがどうして、現代の自殺行為と同次元で語られなくてはならないのでしょうか。実はこの補陀落渡海ということを調べ始めて間もなく、これは自殺行為だったのだということに気がついたのです。

当時それを行った者は、ほとんど老僧だったようですが、出掛ける時は小舟を用意して、その中に静かに収まることのできる囲いを作り、その周囲を釘で打ちつけられたようです。

そして月夜に海へ出て行くのですが、流れに任せるままで、そこに乗っている人にはもはやどうにもなりません。途中で帰りたいなどと思っても、周囲は釘付けになっていて、外へ出ることはできません。

ということは、表向き観音菩薩の聖地へ行くのだと言いながら、もう老齢なのだから、いつまでも生きていては周囲の者に迷惑をかけるという気持ちで、自らこの世と決別するのを補陀落渡海と美化して表現したに過ぎないのです。つまり美名に隠れて行った、自殺行為だったということです。

それを行う者がかなりお年を召した老僧であったことを思うと、気の毒な行為であったようにも思えます。それでも老僧の旅立つ思いの中には観音聖地へ行くのだという、希望を感じ取ることができるのです。

もう暫く前のことですが、若い人が連れ立っての自殺を行うという事件があり、世間を騒がせたことがありました。それにはあまりにも、前途に託すものがなさ過ぎました。

盛んに高齢社会がやって来ていると言われます。補陀落渡海が素晴らしいと言っているわけではありませんが、晩年の気持ちが豊かに満たされ、真に前途に希望を持って旅を楽しめるように願いたいものです。シニアたちが、希望を持って苦界と言われる現世の旅を続けられるように、その行く先々には、気配りのある案内板がある時代になっていることを祈りたいものです。

第三十二話 今は昔「知識寺《ちしき》」あり 〈聖武天皇時代〉

いつの時代でもそうかもしれませんが、巨大なプロジェクトを動かす時には、よほどその企画に対する賛同者がいないと、実現できるものではありません。

古代における大プロジェクトといえば、何といっても、あの奈良の大仏の建立ということになると思うのですが、それを発願した者は、聖武天皇という権力者でした。市民が思い立ったわけではありませんから、資金など簡単に集められると思うのですが、天皇がそれをつくろうと思ったのは、あることがきっかけだったようです。

西暦740年のこと、河内の「知識寺」へ行幸して、丈六《じょうろく》の仏像を見たことだったのです。丈六は約4・85メートルの仏像です。

知識寺などと言うと、インテリが集まっているお寺のように思えたりするのですが、それとは意味が異なります。いわゆる知識階級とはまったく関係がありません。

「知識（智識）」というのは、信仰を中心とした仏縁を結ばせるものや人のことであり、人々の協力を意味します。仏恩に感謝して、功徳を積むことが出来ると考えられる事業に、それぞれの資力、財力を寄進したり、労力を提供したりすることを言うのです。

有力者が建てる寺ではなく、名もなき庶民までもが、分に応じて金品や労力を出し合って奉仕によって建てたのが知識寺だったのです。

聖武天皇は、丈六の仏像がそのようにつくられたものだということを知り、その素晴らしさに感動して、わたしもあんな形で仏像をつくりたいと勅願したのです。

はじめは近江の紫香楽宮《しがらきのみや》に近いところにつくろうとしたのですが、それが果たせずに、奈良の金鐘寺《こんしゅじ》……金光明寺《こんこうみょうじ》につくることになりました。

当時の日本の人口は、ほぼ８００万人と言われていますが、聖武天皇は知識寺の理想を実践するために、そのほとんどの者を動員して、東大寺の建立に立ち向かわせたのです。

昨今はボランティアという社会活動が定着してきましたから、呼び掛け次第ではかなり大掛かりなことでも出来るかもしれませんが、奈良時代という古代でのことです。ほとんどの人が、農民として生計を立てており、大規模なプロジェクトを組織して実行するにしても、それを実際に動かしていくのは、命令によって各地から集められてくる成人男性たちだったのです。

半年も農作業から離れて、東大寺の建設に駆り出されてしまったら、その留守を預かる者たちの苦労は大変なものです。それでも天皇の願いどおり、西暦752年に「知識寺」の大仏の十倍もある大仏……盧舎那仏《るしゃなぶつ》が完成したのでした。やがて聖武天皇は、落慶法要《らっけいほうよう》の時、盧舎那仏と結ばれたひもを握りながら、病の平癒を祈ったといいます。

それにしても現代では、これほど大きなプロジェクトを具現できるだけの知識の力を結集できるでしょうか。国家権力の強弱ということもありますが、それ以上にその実現を願う思いの深さが、どれだけ集められるかにかかっていると思うのですが、どうでしょうか。それぞれの価値観の違いで、実現困難でしょうか。

〈推古天皇時代〉

第三十三話 今は昔「古代に合コン」あり

昨今の流行の一つに、合コンがあります。

お見合いという風習が失われてしまったためもあるのでしょうか。男女の出会いのために、合コンと称する集まりが、あちこちで行われたりしています。そんな風潮のせいか、とにかく若い男女は、すぐにカップルになりたがります。

仲人というものが存在して、男女の仲を取り持っていた風習が廃れてしまったことから、仲間たちでお互いに紹介し合う方法として、この合同コンペティションが行われるようになったのでしょうが、実はこうした試みは決して新しいものではありません。古代にもこれに似たものが盛んに催されていました。「歌垣《うたがき》」と言われるものがそれです。

満月の夜、山や市などに男と女が集まって歌を詠み交わし、舞踏して遊んだ、と言われています。しかもただそれだけで終わるわけはありません。現代で言う不倫の恋も、かなりあったように思われます。酒も入っている上に、満月の夜ということを考えると、今風に言えば、かなりテンションが高ぶっていて、乱痴気騒ぎになっていったのでしょう。何といっても性に関しては、かなり開放的だった古代のことですから、そのことは問題にしないことにしましょう。

このような男女の集まりは、政治の中心地である大和国だけではなく、現在の沖縄でも行われていました。

観光地としても知られている、万座毛《まんざもう》というところでです。この名称の意味は、「万人が座れるくらいの草地」という意味なのですが、ここに満月の夜、男女が集まって、出会いを楽しんだと言われています。

彼らは最後に輪になって踊るのですが、その間に女性は気に入った相手を見つけて、やがてその人の肩に領巾をかけるとその夜の出会いが決定的になるのです。その領巾というものは、古代において女が首にかけて左右に長く垂らしていた布で、別れの時などにこれを振ったと言われ、その布には呪力があると信じられていたのです。男は魔物に襲われないように、女のそれを貰って腹に巻いて、旅に出たりしていたものです。33頁で説明しましたが古代の英雄、日本武尊などは、姉の忠告を守らずに、領巾をつけずに山へ入ったために、妖魔に襲われて亡くなってしまったと言われているのですが……。

さて、踊り終わった沖縄の男女ですが、出会いが決定したカップルは、やがて漆黒の闇の草むらの中へと消えて行ったということが言い伝えられています。まさに歌垣は、男女の出会いの場であり、そのための宴であったのですね。

これが現代の合コンの原点なのですが、せめてこうしたことは、古代から行われていたということぐらいは知っておいていただきたいものです。

それにしても結ばれた者が、幸せになったか、不幸になったかは分かりませんが、男と女の出会いについては、古代も現代も関係なく、大きな関心ではあるようですね。しかし最近は、こんなに手間をかけるようなこともなく、インターネットの出会い系サイトなどという便利なものを利用して出会うケースも多いといいます。

不便な時代、便利な時代の差はありますが、まず気持ちの交流から始まってもらいたいものですね。

第三十四話
今は昔「怨霊」あり

〈平安時代〉

古代というと、何ともおどろおどろした怨霊というものが、すぐにも思い浮かんできます。もちろん現代では、怨霊などという言葉は死語に近くて、そんなものがあるということすら、知らない方が多くなっています。

権力者同士が、まったく主義主張が違ってしまったり、権益が違ったりして、ついには折り合いがつかずに確執を深め、暗闘を繰り広げることになってしまうと、敗北者が出てきます。権力闘争に発展して敗れ、無念な思いを残したまま死ななくてはならなくなったり、陰謀などによって抹殺されたりすると、敗北者は無念な思いを募らせながら、その相手に対して怨霊となって復讐するといって畏れられていました。

わたしはそれらの怨霊たちを集めてみたのですが、その結果、六十数名の怨霊たちの名を挙げることができたのです。その中から超古代の人は除いて、少しでもみなさんが知っていると思われる人の名を紹介します。

崇峻天皇（暗殺）
山背大兄皇子《やましろのおおえのおうじ》（暗殺）
蘇我倉山田石川麻呂《そがのくらやまだのいしかわまろ》（無実を証明するために自殺）
伊予親王《いよしんのう》（謀反の疑いをかけられ服毒死）
蘇我入鹿（暗殺）
有間皇子（疑いをかけられ処刑）
大津皇子《おおつのみこ》（謀反の罪で処刑）
橘奈良麻呂《たちばなのならまろ》（謀反の罪で敗死）
長屋王《ながやのおおきみ》（左道を行った罪で処刑）
井上内親王《いのえないしんのう》（北条を倒して建武新政を成就するが、足利尊氏に離反されて吉野へ入り、南朝を樹立するも失意のまま死ぬ）
早良親王（疑いをかけられ、抗議の絶食死）
菅原道真（藤原時平との権力闘争に敗れて配流）

崇徳上皇《すとくじょうこう》（鳥羽天皇の第一皇子で父から譲位されるが保元の乱で敗れ、讃岐国へ配流され、その地で恨みを残しつつ死ぬ）

六条御息所《ろくじょうのみやすどころ》（源氏の愛人となるが、正妻の葵を生き霊となってとり殺し、さらに紫の上まで死霊となって苦しめた）

源頼家《みなもとのよりいえ》（北条氏を除こうとして修善寺に幽閉され、やがて殺される）

源実朝（鶴岡八幡宮の境内で兄頼家の子、公暁に殺された）

鳥羽上皇《とばじょうこう》（父堀川天皇が早世したために祖父白川上皇と確執が激しく苦しんだ）

後醍醐天皇《ごだいごてんのう》（疑いをかけられて服毒死）

おおむね怨霊と言われるものについては、一つの約束事がありました。真正面からぶつかり合って倒された場合は、敗者も決して怨霊とはならないのですが、陰謀などで心ならず倒された者は、無念な思いから怨霊となって襲撃するというのです。

そこで勝ち残った者も怨霊におびえ、何とかその恐怖から逃れようとして考えたのが、相手を神様として祀るということだったのです。

平安時代になって、政治も安定して体制も整い、その絶頂期に達すると、国づくりが始まったばかりの飛鳥時代のように、その理想の在り方で対立したり、確執を生むようなことも少なくなりました。そのために怨霊といわれるものが、一気に少なくなっていったのです。

それに代わって登場したものが、「ものの怪《け》」というものです。貧困な食糧事情のために不健康となり、そのために精神状態も健全でなくなっていたのかもしれません。

通常見るはずのないようなものを見てしまう、というようなことが起こるようになるのです。それが「ものの怪」というものですが、それを倒す者を、「ものの士《ふ》」と呼ぶようになったのです。それがやがて相手はどんな者であれ、強い者にも立ち向かう勇者として、いわゆる武士の登場ということになるわけです。

「怨霊」の時代から「ものの士」の世界への変化は、政治的な混乱期から安定期への、過渡期の現象であったのかもしれません。

現代にはもっと変わった怖いものが存在しているかもしれませんね。

第三十五話
今は昔「ウンナフカの夜」あり

〈聖武天皇時代〉

古代でも現代でも、月夜にはさまざまな事件が起こるようです。月には特別な霊威があるようで、満月の夜にはその影響で、西洋では狼男に変身してしまったり、吸血鬼ドラキュラが暗躍したりということがありました。いっぽう日本では、歌垣といわれる男女の気が高まる出会いの宴ともいえるものが開かれたりしていました（114頁）。

月夜……特に満月の夜には、人の気持ちを昂ぶらせ、狂わせてしまうような影響があるようで、あちこちで奇異な現象が見受けられます。ところが月の出ない新月の夜にも、不可思議なことが行われていたのです。

舞台となったのは、南国の沖縄からさらに300キロ離れたところにある、宮古島なのですが、ここにはかねてから、海賊が拠点を持っていたと言われています。官憲の追跡も困難な水路があったこともあって、中国の王朝から、貴族を通して取引された貴重な陶磁器で、絶対に王朝以外の者が持つことを許されないはずの、黄磁も持ち込まれていたという形跡があるのです。普通はとてもそのような者が活動出来るわけはないはずですが、どうして長いことそんな非合法なことが出来たのかというと、案の定そこには、隠された真相があったのです。

海賊が持ち込んだものにはいろいろなものがありましたが、その中でも注目されたのは、前述したように中国王朝が門外不出といっていた黄磁です。そのようなものを、宮古島の農民たちが持てるわけはありません。しかし駄目だと言われると欲しくなるのも、人間の欲望というものです。農民たちには、経済的にも手を出せるものではないのですが、そこに登場してくるのが、宮古の政庁を取り仕切る権力者なのでした。彼らでも海賊と取引をするなどということを、とても公にはできません。

そこで考えられたのが、ウンナフカ（新月）の夜を利用しようというものだったのです。彼らは暗い夜を利用して、ある噂を流しました。つまりこの夜は、神が島へ降臨して、ひそかに田畑に実りをもたらしてくれるのだから、その神の作業は、絶対に見てはならない、というものでした。

その日は明かりもつけず、暗黒のまま家に閉じこもっていなくてはならない、という大変、厳しいお触れを出したのです。

もう察しがつくでしょう。誰も見ていない新月の暗黒を利用して、土地の権力者と海賊は、取引を行っていたのです。こんなことでもなかったら、海賊がいつまでも島に、拠点を構えていられるはずはありません。

それでもこっそりと、その漆黒の闇を逆に利用して、外の様子を見つめていた者がいました。そして、その一部始終が書きとめられて、民話として伝えられていたのです。正義の目が光っていたというわけです。

世に起こる、理解し難い不可思議な現象には、何か特別な訳があるのかもしれません。その背後では、庶民の考えられないようなことが行われているかもしれません。

真実を突き止めようとする気持ちは、いつの時代でも必要なことです。昨今は沖縄人気が高いようですが、海賊の拠点に赴いて、ウンナフカの夜のことなどを、思い浮かべてみるのもいいのではありませんか。

第三十六話

今は昔「死の六道、生の六道」あり

〈平安時代〉

京都は、長いこと歴史の中心にあったところなので、今でも興味深い史跡がたくさん残されています。その中の一つに「生の六道」「死の六道」と呼ばれるところがあるのですが、ご存知でしょうか。

人は死後、まだ行き先が決まらずに冥土の旅をしていくと、やがて閻魔《えんま》大王をはじめとして、亡者の生前の生きざまを審判する、地獄の政庁にたどり着くといいます。亡者はこで、十三人の審判官の審判を受けた後、自らの意思で、自分の行き先を決めなくてはならなくなるのです。

それが六道という道の入口というところで、まったくその行き先がどんなところなのかも判りません。しかしそこに立って、自らの判断で、その中の一つの道を選ばなくてはならなくなるのです。

その行き先が地獄なのか、天国なのか、あくまでも自分で決定することになるのですが、実はその行き先を決めるのは、その人の生前の功徳の積み重ねの結果だと言われます。兎に角行き先は、自分で選ぶことになるのですが、その行き先をもうちょっと詳しく言いますと、次のようなところなのです。

「地獄界」「餓鬼界」「畜生界」「修羅界」「人間界」「天上界」という六つの世界です。地獄という迷界の中からどこへ行けるか、あくまでも自分で行き先を選んで行くのですから、あくまでも普段の心掛けが大事だということになります。

ところで京都には、平安時代の火葬場……当時はいわゆる風葬地《ふうそうち》として知られているところが四カ所ほどあります。鳥辺野、蓮台野《れんだいの》、嵯峨野《さがの》、井上台《いのうえだい》というところですが、その中でも特に知られていたのが、東の鳥辺野、西の嵯峨野というところです。

このあたりには六道の入口である辻というものがあります。前者には珍皇寺という寺があって、ここの井戸が冥界への入口になっていると言われていました。

ここを利用した人でよく知られているのは、平安時代初期の政治家で、野狂の人として知られる、参議の小野篁です。彼は朝廷での仕事を終えると、やがてここから地獄へ行って、閻魔大王の秘書官として働き、夕刻になると現世へ戻って来たという話が伝わっています。その夕刻になると現世へ戻って来たというところが、西の嵯峨野にある、清涼寺の井戸であったというのです。

一日の地獄での仕事をするために、東の珍皇寺の井戸から地獄へ行った篁は、仕事を終えると西の清涼寺の井戸から現世へ戻って来たと言います。つまり東は死の六道、西は生の六道と言われているのはそのためなのです。

京都の大覚寺の門前町で、清涼寺付近になるところには、六道町という地名が残っていて、最近そこにはそれを記した石碑が建てられています。

華やかな京都観光ばかりでなく、こうした人間の生死という、極めて地味なところの観光もいいのではないでしょうか。時にはこうしたところも尋ねて、真摯に心の旅をなさるのも一興ですよ。京都という町は、こうして生きることだけでなく、死後のことも大事に扱っている町でもあるのです。

第三十七話 今は昔「百鬼夜行《ひゃっきやこう》」あり

〈平安時代〉

　時代が変わるとさまざまなものが変わります。

　飛鳥時代、奈良時代などでは、盛んに現れた怨霊も、その一つです。１１７頁でも触れましたが、怨霊はそのほとんどの場合、政治的な戦いで敗北した者が、その無念さのために姿を変えて現れるのだということなのですが、それも、時と共に形を変えていきました。

　平安時代になると、次第に怨霊は少なくなっていって、「ものの怪」が現れるようになるのです。つまり精神的な作用で、おかしなものを見てしまうということなのですが、その原因となるのは、貧弱な食生活にあったと考えられます。どうもその頃は、氷河期に当たっていたということも言われていて、そのために食材が思うように得られなかったというのが原因で、そのために体力は貧弱になり、精神状態にも影響を及ぼしていったと考えられます。

当時の公家たちの白塗りもよく知られた化粧なのですが、夜の灯りの中で映えるようにといった効果だけでなく、貧弱な食糧事情のために、充分な栄養が摂れないところから、あばたが現れてしまうのを隠すためであったとも言われていました。

ところがこの頃から、通常見るはずもないものを見るという、いわゆる「ものの怪」のほかに、夜になるとおかしなものが町を動き回るということが言われるようになるのです。「百鬼夜行」というものです。

しかもそれがなぜか、政治の中心となる官衙の、しかもその中心である朝堂院の近くで目撃されるということが、言われるようになったのです。神泉苑の裏手の二条大路《にじょうおおじ》との交差点あたりが、一番多いと伝えられています。そこでは参議という要職にある小野篁も目撃したと書いていますし、時には三条の大臣も、朱雀大路《すざくおおじ》で目撃したといいます。

すでに見当はつくと思われるのですが、これらはすべて政治の中心である朝廷で行われる、政治家たちの激しい権力闘争の結果だと思うのです。

大極殿《だいごくでん》隣には、内裏を建て替える場として、広大な広場が確保されていたのですが、その前面には、豊楽殿《ぶらくでん》という外国の使節が来た時などに宴を開く、殿舎《でんしゃ》がありました。その広場は宴《えん》の松林と呼ばれていましたが、夜になれば漆黒の闇になってしまいます。そのあたりを歩いていた若い官人も、そこで怨霊を見たと報告しています。

百鬼夜行も、朝廷の目の前の二条大路あたりで盛んに目撃されていたのは、やはり政争で敗れた者が、姿を変えて現れたのではないかと思われるのですが、彼らはやがて神泉苑へ姿を消していったといいます。そこはこれまで、怨霊たちを鎮めるために、しばしば怨霊会《おんりょうえ》というものが行われてきたところだったのです。そんなことを考えると、その行為は充分に納得出来ることではないでしょうか。そんなことを頭に置きながら、現在の二条大路へ行ってみるのも、一興かもしれません。

たまにはこうした京都の歴史の跡をたどってみる旅もいいのではないでしょうか。現代の妖魔と遭遇するかもしれませんよ。

昨今では、若者の間で妖怪、怨霊ブームなのだそうです。それだけ怪しいものが多いということでしょうか。

第三十八話

今は昔「ナンバー2に深謀遠慮」あり

〈藤原京・女帝時代〉

わたしが、かねてから注目している古代の人物に、二人の高官がいます。藤原不比等と物部麻呂《もののべのまろ》という人物です。前者は右大臣、後者は左大臣にまで上り詰めた人物です。飛鳥京、藤原京という古代の都で、権力者として活躍した二人ですが、この二人は壬申の乱で大海人皇子が勝利した後、天武天皇として即位すると、その頃からほとんど同時に、朝廷に名を連ねるようになるのです。もちろんはじめから要職に就いたわけではありませんでしたが、やがて持統天皇が君臨するようになると、二人はぐんぐん頭角を現していきます。

もともと麻呂の先祖である物部守屋は、蘇我馬子との戦いで敗れて、一族は壊滅させられてしまったのです。その悲劇的な歴史を背負っていたので、こうして朝廷の中で出世するには、とても普通の努力では果たせません。

一方の藤原不比等は、天智天皇の重臣であった中臣鎌足の一族ですから、飛鳥時代になっても朝廷で仕事をするには、特別の支障はなかったわけです。そんなことから二人の生き方には、明らかに違いがありました。

その後、出世する度に麻呂には、どこか不気味なうわさや怖いといううわさがつきまといました。持統天皇、元明天皇《げんめいてんのう》、元正天皇《げんしょうてんのう》と、女帝が続く中でそれは一気に高まっていきました。

それに対して飛鳥京から藤原京と、都が変わる間に、朝廷の中で着実に地歩を固めていったのが不比等です。元明天皇の時、『古事記』『日本書記』などという史書を完成させ、当然のことですが、朝廷からは左大臣への昇進の話が持ち出されました。ところがなぜか彼は、絶対にそれを受けようとはしません。その編さんにかかわった官人として、右大臣藤原不比等と記させただけです。彼がどうして頂点へ上ろうとしなかったのか、大きな謎なのですが、その後の麻呂と不比等の間に起こった大きな差には、その時の身の処し方に、運命を分けるカギが隠れていたのです。

左大臣として朝廷の頂点に立った麻呂は、女帝たちから恐れられるほどの権力を握りましたが、不比等は四人の息子たちと共に、藤原一族のすそ野を広げていきました。彼はあくまでもナンバー2の地位を守りつづけていたのです。

その生き方の違いが、はっきりとした形で現れたのは、やがて朝廷が藤原京から平城京へ遷都する時でした。麻呂は留守居役として、藤原京へ残されることになってしまうのです。権力の頂点へ上り詰めながら、それ故に退けられてしまったのです。

一方の藤原不比等は、その後も平城京で、思うがままに権勢を振るうことになりました。結局最後の栄耀栄華は、彼のナンバー2でありつづけた不比等のものになってしまうのです。

目立たなくてはいけないという現代の風潮ですが、パフォーマンスばかりで、じんわりと染みてこないのが気になるのですが、どうでしょうか。

あなたはナンバー2でありつづけられますか。それとも危険を覚悟で支配者であることに挑みますか。すべてはあなたの決意次第です。

冬之巻

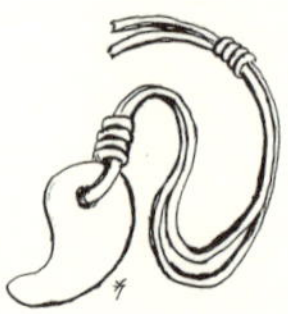

第三十九話 今は昔「年のはじめにタマ」あり 〈推古天皇時代〉

まだ神々が、現実のもののように君臨していた古代においては、自然を見るということは、そこに存在するといわれる神と対峙《たいじ》するということでもありました。それだけに、何とかそこにいらっしゃる神の姿を見たいという思いは、常に追求してやまなかった願いであったのだと思います。

彼らにとって、時に優しく、時に厳しく、人々の暮らしに影響を及ぼすのは、どう考えても神でなくてはならなかったのですが、それを形にするなどということは、とてもおそれ多くてできることではありませんでした。

そこで彼らの関心が向かったのは、神と同じように不可思議な存在であった、「魂」という存在でした。恐らく人間が誕生してから21世紀の今日まで、その姿を見た者は皆無なはずです。しかもどんなに超科学の時代になったとしても、絶対に解明されることはないテーマです。多分多くの人は、そんなものを形にしたいとは思わないでしょう。しかし自然と共にあった古代人の感性を考えると、魂という、人間にさまざまな気持ちを抱かせる不可思議な存在を、形として表現したいと思っても、決しておかしなことではありません。彼らにとっては、ごく自然な欲求であったのではなかったかと思います。

その不可思議な魂というものを、何とか形にしようとして作り上げたものが、勾玉《まがたま》だったのではないでしょうか。

古代というと、高貴な人物は必ず首から勾玉の首飾りをかけて出てきますが、あれはそれぞれの魂を、肌身離さずに身につけている姿だったのです。

著名な評論家は、それを命の象徴だと言いましたが、わたしはそれぞれの人間が持つ、不可思議な存在である、「心」というもの……つまり魂というものを、古代人の美意識によって形にしたものだと思っているのです。

現代では、通常「タマ」といえば、玉、つまり宝石のことになりそうですが、古代ではタマといった場合は、ほとんど魂のことを言いました。昔のおとぎばなしのヒーローであった桃太郎も、鬼ケ島から金銀財宝と宝珠《ほうじゅ》を持って凱旋してきたと書いてありました。その宝珠こそが、タマだったのです。つまり鬼ケ島から、相手の魂も持ってきてしまったということなのです。そうなったら、もう抵抗することは出来ないはずです。

昔は年が改まると、「新玉《あらたま》の年」などという表現をしました。この新玉の「玉」は、新たな年に宿ったタマ……つまり魂ということです。それだからこそお正月には、「お年玉」というものを頂くのです。若い人には、新たな年の魂のこもったものを与えて、新鮮な活気のある一年にしなさいと、激励の意味も込めて与えました。

しかし現代では、すっかり古代のことを忘れてしまったまま、まるで年中行事の一つとして、差し上げたり、せしめたりしている人がほとんどなのではないでしょうか。もうお年玉をもらう年齢ではないという人でも、ちゃっかり頂いている人を見かけます。もし後輩たちに贈るのであれば、新たな年の活気に満ちたタマを、心を込めて贈って頂きたいものですね。

〈藤原京・女帝時代〉

第四十話
今は昔「史書は二つ」あり

年の始まりでもあるので、日本の歴史というものについての知識を身に付けておくのもいい機会ではありませんか。

日本の歴史をまとめた代表的なものには、『古事記』と『日本書紀』があります。

この二つはほとんど同じような内容なのですが、明らかに違うところがあります。その違いについてご存知でしょうか。

神代から始まった日本の歴史ですが、それに続いて、天上の神から地上の為政を託された大王の時代になりました。それからやがて、その大王の中から突出した者が選ばれて、祭祀と政治を司る天皇が選ばれ、天皇が中心となって民を統治していくようになりました。その天皇を支えるようにして協力していったのが、皇族と言われる人たちでした。その後、為政の形が祭政を分離して、祭祀を天皇が行い、政治は貴族に任せるようになっていくのですが、さらにその後歴史の担い手となっていったのは、貴族から武士になり、さらにそれから今日のように市民の手に渡って来たのです。

これで大雑把に、歴史の流れが理解して頂けたと思うのですが、それでは二つの史書が生まれたのは、どんなことがきっかけだったのでしょうか。

先ず『古事記』についてですが、その誕生は、藤原京から平城京へ移っていくころのことだったのです。皇族たちはその地位に安住して、別に努力しなくても優雅な暮らしをし続けられることから、極めて安易な生き方をするようになってしまい、自分たちがどういうことで、この世に存在しているのかということ、つまり自分たちの出自についての興味すら持たなくなってきていたのです。

そんなことに危機感を持った右大臣、藤原不比等が発案して、元明天皇と協議をしながらまとめたのが『古事記』でした。つまり、たるみきった皇族たちに、もう一度自分たちがどういう出自なのかを知らしめ、それと同時にこれまで歩んできた日本の歴史を、しっかりと学んでほしいという願いから編纂されたものなのです。いうなれば皇族たちの教育のために編まれた史書だったわけなのです。

それに対して、『日本書紀』はどんな史書なのでしょうか。これは日本がどんな国なのかということを、異国からやって来る使節たちに知らしめるために編まれたのです。『古事記』と違っているところはどういうことかというと、少なくとも異国の者は、ある程度、外から客観的に日本を見ていますから、何がどうかかわってきた国なのかということも知っているわけです。従って、かなりきちんとした、正確な歴史を伝えなくては信用してもらえません。そんな理由から、現代の人が古代の歴史を確認したり、たどったりするにも、どちらかというと、『日本書紀』にしたほうがいいと言われるのはそのためなのです。記述されている内容も、ある程度信憑性があると言われています。

この二つの史書は、それぞれ、国の意図があって編まれたものではあるのですが、そんなことを知った上で、この二つを読み比べてみるのも、年の初めの試みとして、大変意味のあることではないかなと思うのですが、いかがでしょうか。

第四十一話
今は昔「謀反に謀略」あり
〈天智・天武天皇時代〉

市民の希望の星が、ある日突然消えてしまうということがあります。現代ではほとんど、予期せぬ病を得たためということが多いと思うのですが、まだまだ社会制度が整っていない古代においては、識者からも期待を集めている者が、ある日突然姿を消してしまうようなことがよく起こりました。

古代において市民は、農民と言ったほうがいいかもしれませんが、権力者の中で何が起こっているのかというようなことについては、まったく知らされませんし、知ることもありませんでしたから、巨星落ちるという衝撃を聞いて、救いのない悲しみに沈むだけでした。

古代史の中で、不遇の死を遂げた人の中でも目立った人といえば、まず有馬皇子がいます。

大化の改新という歴史的な改革を成し遂げた、孝徳天皇の亡き後即位した斉明天皇《さいめいてんのう》が失政を続けていて、周辺に不満が充満していたころのことです。皇太子の中大兄皇子が紀伊国《きいのくに》の牟婁《むろ》の湯へ赴いた留守中のこと、留守官である蘇我赤兄《そがのあかえ》が孝徳天皇の子である有馬皇子を訪ねて来て、斉明天皇の失政を数え上げたのです。

有馬皇子は、それに直ちに反応してしまいました。すでに朝廷内の空気を知っていた有馬皇子は、挙兵の意志を表明したのですが、何ということか、それから間もなくのこと、赤兄の兵がやって来て、有馬皇子を謀反人として捕えたのです。尋問した中大兄皇子に対して、その真実は、天と赤兄が知っていると、答えただけであったと言います。有馬皇子は数日後、紀伊国の藤白坂で処刑されてしまいました。有馬皇子ははめられてしまったのです。

もう一人は大津皇子の場合です。天武天皇の子として、その後継者として噂が高かった彼は、後継者争いの罠にはめられてしまいます。天武天皇の殯宮《もがりのみや》で、行心《こうじん》という僧が近づいてきて占いを行った結果、あなたは間もなく帝位につくと示唆されたのです。それを真に受けた皇子は、伊勢神宮の斎宮であった姉の大伯皇女《おおくのひめみこ》に謀反を告げて再び飛鳥へ帰った途端に親友の川島皇子の密告で逮捕され、時をおかずに処刑されてしまったのでした。

大津皇子は天武天皇の皇后の鸕野讃良《うののさらら》（後の持統天皇）の子である、草壁皇子のライバルであったことから、これは彼女の陰謀であったという噂が圧倒的です。賢かった大津皇子にしては、あまりにもうかつな身の処し方で、びっくりしてしまいます。

最後に長屋王のことです。平城京の左大臣として実力をふるっていた彼も、やがて皇位を継ぐであろうと期待されていましたが、勢力を伸ばしてくる藤原氏と対立した結果、謀反を犯そうとして、漆部造君足《ぬりべのみやつこきみたり》という者などに、左道（呪い）を行っていると密告されて、自害する運命に追い込まれてしまいました。

古代においては、こうして期待の星が、陰謀によって抹殺されてしまうことが多かったように思います。こうして犠牲になった者たちがやがて怨霊になって復讐してくるのですが、現代にはもっと巧妙な陰謀があり、怨霊候補がうごめいているのではないでしょうか。ニュースでも、それに似たような報道が行われています。権力者ではないにしても、どうぞ用心。

第四十二話　今は昔「こんな遊具」あり　〈聖武天皇時代〉

　お正月には、どんなことをして遊びますか。たこ揚げ、双六《すごろく》、福笑い、それとも百人一首を使っての坊主めくりでしょうか。しかしみな古典的ですね。昨今は玩具……遊具というものが、大変手が込んで、精巧なものが多くなってきました。ＩＴを駆使したゲームにでも夢中になっているのでしょうか。

　昨今、都会では、たこ揚げにしても、滅多なところでは出来ません。住宅の密集したところで遊ぼうと思っても、電線などに引っかかってしまいますから、怒られてしまいます。羽根つきにしても、住宅街では交通の邪魔になるので、路地などでは思い切ってはやれません。

　ところがそんな潮流の中で、ＩＴゲームに夢中になるのではなく、もう一度素朴な遊びについて考えてみる必要があるのではないでしょうか。暮らしの変化、環境の変化を超えたいのですが……。

何か現代に再生出来るものはないかと考えました。

ざっと調べてみても、次のようなものが挙げられます。多少、言葉になじみがないと思いますので、現代風に解説を入れておくことにしました。

▽双六：中国をへて、奈良時代以前に日本へ伝わり、盛んに賭けが行われた遊びです。
▽采《さい》：双六やばくちに用いる道具で、角、象牙、木などの小型の立方体で、その六面に1から6まで点を記したもので、通常サイコロとしてなじまれています。
▽投壺《つぼうち》：中国で周代に始まった遊具で、左右に管状の耳のある壺に12本の矢を投げ込み、その入り方や数で勝負を決める遊戯。江戸時代に宴会の礼として流行しました。
▽毬打《ぎっちょう》：古代童子の、正月の遊戯で、毬を打つ長柄の槌のこと。
▽打毬《まりうち》：子供のものであった毬打が大人の遊具となったもので、唐から平安時代に伝わってきた、ポロに似た遊び。2組の一定の人数の騎馬で、庭上にある紅白の毬を毬杖ですくい取り、自分の組の毬門に早く入れた方が勝ちになります。
▽蹴鞠《まりこゆ》：古代の行事としてテレビでもよく紹介される蹴鞠《けまり》のことで、言わばサッカーの

原点ともなる遊びではないでしょうか。
▽意銭《せにうち》：銭をひもの先端で包み込み、勢いをつけて投げる遊びで、あるころからそれを武器として使うようにもなりました。
▽弄槍《ほことり》：やり投げのような遊び。
▽闘鶏《とりあわせ》：現代でも行われている、軍鶏《しゃも》を使って戦わせる遊び。
▽闘草《くさあわせ》：草をからませて引き合い、切られないことを競う遊びで、子供のころに、わたしたちもやった経験があります。

ちょっと、懐かしくも思えます。どれを取り上げても、素朴ではありますが、現代でも形を変えて行われているものが多いのではないでしょうか。

ところがこれらの遊びが、ただ遊びでとどまらずに、いつからか賭けに利用されてしまうようにもなりました。多少の緊張感があった方が、さらに楽しさが増すことは間違いないのですが、それは人間の駄目な部分でもあり、愛すべきところでもあります。果たしてあなたは、遊びというものを、暮らしの中にどう取り込んでいらっしゃいますか。

第四十三話
今は昔「一本タタラ」あり

〈推古天皇時代〉

さまざまな妖怪が登場する、水木しげるのコミック、『ゲゲゲの鬼太郎』人気のおかげでしょうか、昔なら差別ということで、なかなか取り上げてもらえなかった妖怪たちも、現在は町おこしの一環として、大歓迎されています。

しかし「鬼太郎」のヒントになったであろう「一つ目小僧」という妖怪がどんなものであったか、ご存知でしょうか。私の少年時代には、少年雑誌などの読み物の中には、傘のお化けとして、一つ目小僧や一本足のお化けが載っていたものです。思い出された方もあるでしょう。

実はこの妖怪の原点は、桃太郎伝説とも大いに関係があるように思われるのです。第7代孝霊天皇《こうれいてんのう》の皇子で、桃太郎のモデルであると思われている、イサセリヒコが退治しなくてはならなくなったという鬼と、大いに関係があるように思われるからです。

それではその鬼が住むといわれる島というのは、どこにあったのでしょうか。

実は今の岡山県、古い表記でいう吉備国《きびのくに》なのです。今ではほとんど田園地帯に見えるので想像がつかないでしょうが、超古代のころの瀬戸内海沿岸は、かなりの部分が田園ではなく内陸にまで海が広がっていました。その入り江には、かなり小島があったといいます。その中の一つで、備中にあったやや大きな島が「鬼ケ島」だと言われています。

そこには朝鮮半島あたりから日本へ渡って来た、鉄の精錬技術を持った人々が移り住んでいました。それに対して、大和朝廷のある琵琶湖畔周辺には、タタラ（製鉄所）が沢山あったのですが、あまり砂鉄の質がよくなくて、優れた武器が出来なかったと言われます。

一方、吉備国には美作というよい鉄を産み出すところがあって、強力な武器を持っていたため、いずれ九州まで支配拡大をもくろむ大和朝廷としては、大変邪魔な存在でした。

何とか吉備国を支配下に置きたいという野望を持ちました。そのために朝廷は、まず優れた鉄を生産する、鬼ケ島を討とうとして、四道将軍の一人であったイサセリヒコを送り出したのでした。

ところが吉備国備中の入り江に浮かぶ小島には、温羅《うら》という棟梁に率いられた集団がいて、毎夜赤々と火の手を上げて、精錬作業をしていたのです。その山のふもとの村民たちは、そんな光景を恐れていましたし、闇にまぎれて村を襲い、娘を犯したりしていましたから、彼らは鬼と呼ばれて恐れられていたのです。とにかく製鉄の作業中には火の粉が飛ぶし、ドロドロに溶けた鉄が流れ出て、身体を焼けただれさせてしまうこともあります。

その結果、目を失う者、腕を失い足を失う者も現れます。世に言う「一つ目小僧」という妖怪の原型は、こんなところにあったと思われるのです。関西ではそうしたことを想像させるように、「一本タタラ」などという言葉が残っています。製鉄の作業をしているうちに片足を失ってしまった人を見て、一本足の妖怪だと思ったのでしょう。おとぎばなしも、読みようによっては捨てたものではありません。こうした妖怪の中には、古代の生活の一端をうかがわせるものもあるのです。

たかが昔話、されど昔話です。時には、思い出してみるのもいいのではありませんか。

第四十四話

今は昔「平安京に危機」あり

〈平安時代〉

平安京といえば、桓武天皇が遷都してから嵯峨天皇を経て後鳥羽天皇まで、32人の天皇が君臨していたのですが、桓武天皇以来、順調に経営できたのかというと、決してそうではありません。

『源氏物語』が代表するように、王朝時代の優雅な暮らしが広まっているためか、実に平和な都というイメージがありますが、それは西暦１０００年前後から１０４０年前後までのことでした。まだ都がつくられて間もない西暦８１０年……嵯峨天皇が即位して間もなくのこと、「薬子《くすこ》の変」という大事件が起こりましたし、平安京を捨てて、再び平城京へ都を戻そうとする動きもあったのです。まさに平安京の運命を決める重大な危機もありました。

これまでの難波京、藤原京、平城京、長岡京、そして平安京への遷都というのは、それぞれの都が政治的に意味を失う形で行われてきたのですが、薬子の変は、平城上皇《へいじょうじょうこう》の還都論に対して、嵯峨天皇はその必要はないという、定都論を主張して対立したために起こった事件だったとも言えます。

もしこの時、平城上皇側が勝っていたら、再び都は平城京へ戻されることになり、結局それまで通りの政治支配が行われるところでした。

しかし結果は、嵯峨天皇が勝利を収めることになり、長い平安京の歴史を刻んでいくことになったのです。ということは、平城京は政治的な役目を果たし終えた京であったということになるのかもしれません。つまり平安京は、経済的、社会的な状況に合わせて、都を変化させていく道が切り開かれたと言えます。まさに奇跡的な長期の都は、初期の危機的な状況を乗り越えたことで、その後の運命を決定的にしたのでしょう。

嵯峨天皇は、大変自然を愛する穏やかな人で、大家父長的な為政を心がけていました。長幼の序という、年長者と年少者にある一定の秩序を守っていましたが、やがて上皇となってからも落ち着いていた平安京も、その後藤原氏の勢力拡大に伴い、嵯峨上皇が亡くなると同時に、「承和《じょうわ》の変」という政変が起こりました。この政変は、藤原氏が勢いを得て、政治を思うようにし始め、天皇さえも自分に都合のいい者をつけようとしていたために、皇太子に近い者たちが別の朝廷を立てようと動いて、それが発覚して大騒ぎになったというものです。何か世の中にはそうしたことへの不満がくすぶりつづけていてその後遺症として、応天門が炎上するという事件が起こったりもしました。放火した者が逮捕されたりしたものの、その背後には政治的な陰謀が色濃く表れる結末になってしまいました。

こうしてみていると、まさに平安京は誕生した時から、踏歌で詠われた「平安京万年春」という状況はほんのわずかな期間だったのです。いえ、考えようによっては、その後百年という時代を超えて、『源氏物語』が描く、爛熟した雅の時代を迎えるための苦悩の時であったのかもしれません。すべてが爛熟して、やがて疲弊していき、世紀末が訪れるのですが、現代にも通じるものがあるような気がいたします。

果たして現代は、どういった時代に当たるのでしょうか。

内外に問題を抱えています。政治資金問題、原子力発電所の問題、対中国、韓国問題と、難題がヤマ積みですが……。

時代を率いていく責任者には、いつも大きな試練を乗り越えていかなければならない使命が課せられているものですね。

第四十五話　今は昔「変成男子《へんじょうなんし》の法」あり

〈平安時代〉

かつての日本では、家を継ぐのは男子と言われる家長制が、かなり長いこと続いていました。そのためにかなりたくさん悲劇があったように思います。

そうした風習が色濃かったのは、いわゆる王朝時代でした。それによって権力の行方が決まったり、支配が決定的になってしまったりしたから当然だったかもしれません。

皇位継承という問題などは、その代表的な例です。

今はちょっと議論も鎮まっていますが、日本ではつい最近まで女帝を認めるかどうかということが問題になっていました。秋篠宮夫婦に男子が誕生したために、その問題は、一時お預けという形になっていますが、しかし古代においては、その皇室との縁を持つことは、大きな権力を持つきっかけになったのですから、無関心ではいられません。

生まれてくる子が男か女かということは、大変な関心事でした。

それぞれの貴族は、その息女を天皇のところへ嫁がせようとして腐心していました。その子がやがて、天皇の子を生むことにでもなれば、将来の天皇となることを約束されるのです。そんなことにでもなれば、皇室の外戚として、大変大きな権力を振るうことも出来るようになるのです。しかし天皇の子とはいっても、次の天皇となる男子でなければ意味がありませんでした。

天皇も人の子です。自分の子を跡継ぎとして帝位に就けたくて、后が妊娠したということが判ると、何とか男子であってほしいと願います。そしてそれと同時に、后の実家にしても皇室との縁者であるという権力を維持するために、同じ思いを持っていました。

そんなことから行われたのが、妊娠した胎児が、もし女子らしいということが判った時、何とか性を変えて男子として誕生させられないかと、考え出された秘法があります。

権力者が平清盛の時、彼の娘である高倉《たかくら》天皇の中宮《ちゅうぐう》徳子・建礼門院《けんれいもんいん》が、言仁《ときひと》親王（後の安徳《あんとく》天皇）を出生したのは、着帯《ちゃくたい》のころに行われた、「変成男子の法」によるというのです。これは烏枢沙摩明王《うすさまみょうおう》の呪力というもので、女子を男子に変えてしまうという秘法だったようです。

内裏へ比叡山の高僧が呼ばれて修法を施すのですが、高倉天皇の中宮徳子が帯を結ぶ時、その左へ天皇が座ったのは、男児を求めるための法であったようです。

一体、それにどんな根拠があったのかは、まったく判りません。しかしこんなことが、真剣に行われたことは間違いないことなのです。権力を維持するために、当時の人々……高貴な方々は、大変ばかばかしいような努力を、真剣に積み重ねていたのですね。

いずれにしても、皇位継承が男子優先という考え方から起こった、悲喜劇だと思うのですが……。21世紀の現代はどうでしょうか。外国の王室でも変更があったようです。そろそろ男女の性別関係なく、生まれた順番で皇位に就くということにしてもいいのではないでしょうか。

第四十六話 今は昔「ここに小町」あり

〈平安時代〉

このごろはあまりに刺激的な事件、報道があるので、よほどのことがない限り、話題になってもすぐに忘れ去られてしまいます。

もう、現代ではほとんど死語になってしまったように思いますが、わたしの住むところでいえば、深沢小町などと呼ばれるようなことは、ほとんどなくなってしまっています。

小町と言えば、世界の三大美女と言われる、平安時代の女性である小野小町のことをすぐに思い出してしまうのは旧世代ですが、これが決して彼女の本名ではないということを、ご存知だったでしょうか。実はわたしも長いこと、それを彼女の名前だと思っていました。しかしそれは間違いだったのです。

その真相を知ったのは、古代を背景にした小説を書くようになってからで、古代では女性に名前がついている場合がほとんどないのが通例です。それは平安時代になっても同じで、「源氏物語」を書いた紫式部にしても、決してそれが本名ではありません。出身が藤原氏だったところから、その花の色が紫であるのを使って、式部という役職名をつけて呼ばれていたとか、住んでいた紫野の式部さんといったくらいの名前だったとも言われています。

そんな例から言えば、小野小町というのは、小野町の小町ちゃんといったところでしょうか。従って、このようなことで名前をつけるなら、大工町には大工町の小町がいただろうし、呉服町には呉服町の小町がいてもおかしくありません。つまり、その町を代表するかわい子ちゃんがいたということです。そんなところから、特に名前を知らないお嬢さんのことは、「あの子は○○小町だよ」と呼んでいたわけです。

私の知っている範囲でも、大体、街角にあった煙草屋の看板娘がそう呼ばれていたものです。美しいばかりでなく、気立ても良ければ、愛想もよく、若い者などはついつい憧れてしまうといったことがよくあったと思います。誰がその子を獲得するかなどと噂をし合っていたりしていたように思います。時にはかなりの老年でも、○○小町と呼ばれて、かなり長いこと看板娘を務めていた人もいました。しかし昨今では、ほとんどそんな話を聞くことはなくなりました。

食糧事情、経済事情も良くなってきて、化粧法も進んだためでしょう。若い娘さんのほとんどが綺麗になって、目立つようになり、みな平均化してしまいました。そのために特別目立った娘がいなくなってしまったためかもしれません。

それに最近は、禁煙運動なども盛んになってきましたから、それに従って煙草屋さんの数も減りました。煙草を買うにも、コンビニや自動販売機を利用すればいいわけで、煙草そのものを売る人との接触も、なくなってしまいました。

それに加えて、ある町に生まれて、ずっとそこに住みつづけるということも、社会状況の変化で少なくなりました。ある日突然、〇〇町の小町ちゃんもどこかへ引っ越してしまったりします。

それを味気ないと思うか、時代の流れで仕方がないと割り切るかは別としても、小町ちゃん伝説を楽しむ余裕や、そんな気分が失われていってしまうことは、残念でなりません。

散歩のテーマにどうぞ。

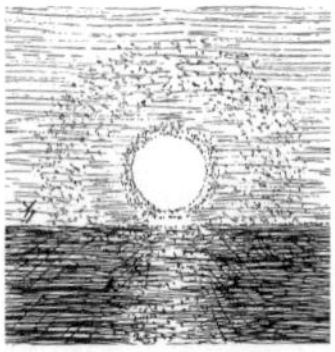

第四十七話
今は昔「国に自己中《じこちゅう》」あり
〈推古天皇時代〉

自分中心……つまり自己中といわれる時代ですが、どうもそんなものの見方をしていたのは、現代に始まったことではないようです。

古代では、まだまだ世界地図などというものが存在していたはずがありませんから、世界的な視点に立って、自分がどんなところにいるのかなどということは、とても冷静には考えられなかったころのことです。

記録によれば、飛鳥時代には東南アジアあたりからも、わが国へやって来る人がかなりいたようなのですが、それでも彼らの国が、世界の中で、どのあたりにあるのかなどということを、正確に把握していたとはいえません。朝廷の重臣たちにしても、韓国、中国がどのあたりに存在しているかということぐらいは知っていたと思いますが、まだまだ外国に対する認識は、実にお粗末なものだったように思えます。

そんなことから時の帝は、自国が世界の中心であるという自負心を持って、政治外交を行っていたのではないでしょうか。

それがすべての国の認識の仕方であったと思うのですが、特に４０００年の歴史を誇っている中国などは、いわゆる自己中ともいえる中華思想というものが徹底していましたから、誇り高い不遜な態度を持っていたに違いありません。とにかく中国が、世界の中心であるという思想は、21世紀の今日でも、たびたび見せつけられて、いささか辟易《へきえき》させられてしまいます。

そういった尊大な態度に対して、古代の日本で、無謀というか敢然と立ち向かった人物がいました。その誇り高き人物が聖徳太子です。

遣隋使の小野妹子に託した、中国の統治者、煬帝《ようだい》への親書に、

日出ずる処の天子、書を日没する処の天子に致す。恙無《つつがな》きや、云々

と書いたことは、あまりにも有名です。しかしこれも、自国から判断すると、確かに日輪は日本の東から昇り、太陽が沈む時は、中国の存在する西の方向に沈むように見えるの

です。やはり日本が世界の中心にあるのだという自負心から生まれた親書で、先方にとっては、実に失礼千万なものだと思ったことでしょう。

それでもこれまでの尊大な煬帝の態度に、我慢ができなかった太子の反撃として、我々としては拍手をしてしまいますが、冷静になって考えてみますと、中国のほうも、広大なその大平原の彼方から日輪が昇るのですから、まさにそれは、自分たちの国から昇るのだと自負しても、止むを得ないことだったのではないかと思ったりいたします。彼らはあくまでも世界の中心の国であると思っていたのでしょう。日本などは、東海の小島に過ぎないと考えても仕方がありません。日本などを極東と呼ぶようになったのは、まさにそういった認識によるものだと思います。

自分は世界の中心にあるという自負心が、その後の国の思想、いわゆる中華思想というものなのですが、そろそろ世界各国は、自国中心思想を抑えて、お互いに協調するということを真剣に考えなくてはいけないのではないでしょうか。おかしな民族主義を押し付けようとすると、紛争の火種になるだけです。こうした国家間問題でなくとも、自己中心主義がはびこっている時代です。ちょっと考えてみる必要がありそうですね。

第四十八話
今は昔「ワザウタ」あり

〈天智・天武天皇時代〉

ワザウタという言葉は、「童謡」と表記しますが、童謡のお話をするわけではありません。ワザウタは古代によく行われた落書きの一種なのです。とはいえ、現代でもよく見かける、公衆便所や町の塀、家や商店のシャッター、電車などに描きまくっている、世間の人たちからもひんしゅくをかうような、意味のないばかばかしいものではありません。古代における「童謡」は、極めて重要な役割を果たしていました。今のような、情報の伝達手段を持たない時代でしたから、見知らぬ人とのコミュニケーションを取るのに、大変大事な手段だったのです。

いつの時代でも、庶民は為政者に対する不満を募らせるものですが、それをあからさまにぶちまけたり、訴えたりすることはもちろんのこと、そのようなことを世間の人にアピールするようなことも出来ない時代です。もしそのようなことをしたら、すぐに捕えられて、処刑されてしまったでしょう。

そんな時代に、何らかの意思を他人に広く伝えたかったり、情報を少しでも広く知らしめたいと思ったら、どうしたらいいでしょう。そんなときに伝達法として使われたのが、童謡だったのです。現代のように便利なインターネットなどというものは、まったくない時代です。それは一種の落書きとして書かれたものだったのです。いかに現代のそれとは、質的に違いがありすぎることに気がつかれたでしょう。

「童謡」の記述は主に『日本書記』に出てくるのですが、事件の前兆とか予言を示す歌で、時には事件の後で、起こったことを知らせるものもありました。法隆寺火災のあとで起こったことや、天智天皇が崩御された時などがそうです。超古代では、権力者の間にどんなことが起こっているのかという情報は、一部の権力者以外には入ってきませんから、農民という下層の者は、世の中の動きに関して知る手だてを持っていません。

しかし生活に対する不満や、近隣の者の暮らしぶりに、関心を持たざるを得なかったのは現代と同じです。中でも大きかったのは、自分たちの暮らしを左右する支配者の動向についてです。とても無視してはいられません。そこで庶民が考え出したのが童謡という情報伝達の方法だったのです。

平安時代初期にも、権力者の行き過ぎを咎める「三超《さんちょう》の童謡」というものが評判になりました。つまり常識では考えられない三人の上位の人たちを飛ばして、皇太子に就けてしまったことを指しているのです。時の権力者、藤原良房の強引な政治的な駆け引きを、揶揄《やゆ》したものでした。

これがだいぶ後の時代になると、現代でもよく見られる「落書き」というものになるのですが、古代ではそのような個人的な欲求不満の解消などということのために行うよりも、もっと多くの世の中の人に知ってもらいたいという思い、つまり政変といったような重大事や、時の政治家への批判を、世の中の人と共有したいという気持ちから始まったのです。まったく遊びの気分とは違います。政治に対する不満や怒りを独り言で終わらせたくなかったのです。

それと比べると、現代の落書きの何と程度の低いことか。古代の庶民のほうが、はるかに高度の知識を持っていたというしかありません。あまりすべてについて便利になりすぎると、人間は知恵を磨く機会を失っていってしまうようですね。

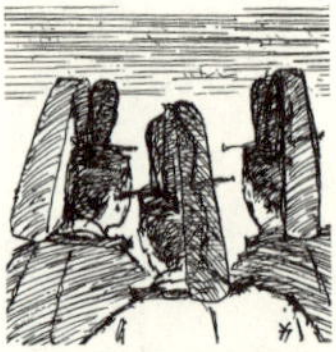

第四十九話

今は昔「政治改革」あり

〈長岡京時代〉

昨今は何かにつけて「改革」ということが叫ばれます。

変化する時代についていくために、現状のままでは、すべてが停滞してしまうので、変えられるところは、積極的に変えていかなくてはなりません。特に政治における改革は、否応なしであるはずです。

そこで思い出すのが、奈良時代から平安時代に変わる過渡期に登場した、光仁天皇の政治改革のことです。

天皇が祭政一致で権力を掌握していた時代は、天武天皇の在世中のことで、その後、持統天皇が登場したころからは、次第に天皇は祭りごとを中心に務め、やがて皇族は政治から離れ、政は貴族によって行われるようになっていきます。

どうもそのころから、要職に就いた者は、出身の一族のために利益を図って、一族の反映と権力にだけ努めるようになっていましたし、自分の野心を遂げるためには、都合の悪い者は、抹殺してしまうという状態にまでなりました。

このような時代が長く続いたのですが、奈良時代の末期にはどうにもならない混乱期が訪れて、天下泰平を略して天平時代とまで言われていたのに、何もかもうまくいかなくなってしまったのです。

その中でも一番問題になっていったのが、財政的な逼迫《ひっぱく》という問題でした。長いこと対立する蝦夷《えぞ》との戦いのために、大変な出費をしつづけてきたのですが、その他にも政治の中心であった朝廷が肥大化してしまって、ついには天皇家の生活の中心である、内裏の維持費までも、ままならない状態がやってきてしまったのです。

そこで、とにかく混乱を収拾するために、一番清廉潔白な人として登場したのが、光仁天皇でした。

天皇は、まず肥大化して機能しなくなっているものから整理していくことにしました。まず朝廷で働く官人つまり役人の整理です。各省庁からかなりの人を整理していきました。そのために長いしきたりの中で安住してきた者たちから、反発を招いたことは間違いありません。

光仁天皇は役人ばかりでなく、ただ権威だからといって、いつまでもその頂点に君臨していて、実際には何の活動もしない大学寮の博士……ただ長老だからといって、生徒の教育もろくろくやらずにふんぞり返っている者に代って、意欲的な若い教育者を引き上げていったということです。

ところがです。自分たちではどうにもならなくなってしまったから、光仁天皇に政治を託したのに、自分たちに不利なことが出てくると、たちまち足を引っ張り始めるのが権力者たちです。どうも現代も古代も似たようなもので、あまり政治の世界は進化していないということでしょうか。

光仁天皇の在位期間は、わずか11年という短期間で終わってしまいました。しかもその足を引っ張ったのは、何と天皇に政治的な混乱を収拾させようとして即位させた藤原氏だったのです。

どうしてあれだけ切実であった財政難があったのに、このような結果になってしまうのでしょうか。押し上げた者も、引きずり下ろす者も同じというのは、結局改革が、自分に有利かどうかということが問題だということになります。

しかし1000年以上も前の話だというのに、現代にも通じる話になりそうなのが、ちょっと気にかかることです。庶民を放りっぱなしでは、激論も空論になってしまうのではありませんか。

第五十話
今は昔「ここに金座」あり

〈江戸時代〉

私は仕事柄、京都へ行くことが多いのですが、ほとんどの場合は歴史関係の史跡を巡ることが多くなります。ところがたまには、変わったこともいたします。

ある日、親しい芸大教授から、思いがけないところへ行きませんかと誘われました。その一つが、通称マンガ博物館《ミュージアム》「京都国際マンガミュージアム」というところでした。博物館の展示に関してはかなり精力的に集められたこともあって、大変貴重なものが資料としてそろっていました。

しかし私が訪ねたころは、まだ開館からそれほどたっていなかったこともあって、これから集めなくてはならないものがかなりあるという状態でした。きっと現在では、ほとんど不満を感じなくてよくなっているのでしょう。ところがここを訪ねた収穫は、思いがけないことでの出合いだったのです。

この博物館は、かつてそこにあった瀧池小学校が廃校になるのを利用して、精華大学がそのまま博物館にリニューアルしたものです。小学校の全体は残っていて、校庭も現在の庭として利用されています。ただ取り壊してしまうよりも、大変にいい利用の仕方だと、大いに感動しました。

しかし私がさらに感動したのは、その校舎の裏手に回った時に、校舎沿いの道端に、さり気なくひっそりと立っている記念碑を発見したことでした。実は案内して下さった教授が、そこの駐車場に車を入れていたからで、妙に気になり近づいてみたところ、それには徳川時代、ここに「金座」が存在したということを記す記念碑だったのです。京都のような1000年を超える古都では、江戸時代といってもそれほど古いものには思えません。どこかこの記念碑も寂しげに見えてくるのが不思議なことです。しかしせっかく金座の紹介をしたのですから、続いて銀座の話もしなくてはいけないのではないかと思うようになりました。

古代に興味のある私は、新しい都を取材することはあまりないのですが、そんな中で多少歴史を感じるものを、東京の銀座で発見いたしました。今や世界のファッションブランドが軒を並べるように出店している銀座ですが、地名の原点が、ここに「銀座」があったからだということを知っている人は、少ないのではないでしょうか。

慶長17（1612）年、江戸幕府直轄の銀貨の鋳造、発行所、つまり銀座役所が置かれたところで、新両替町と呼ばれていたところです。しかし通称は、銀座町と呼ばれていたところだったのです。当時はこの銀座をはじめ、伏見と駿府に同じような役所を設置したようでしたが、やがて京都と江戸に移され、大阪、長崎にも設置されたのです。

しかし寛政12（1800）年のことですが、不正事件が起こって、この4つの座は廃止されてしまい、間もなく江戸に一か所だけ、再興されたのでした。それが現在の、銀座発祥の原点となったところだったのです。

「銀座発祥の地」の記念碑は、文房具でお馴染みの伊東屋の前あたりに建てられていますが、そこを通行する人たちの中に、記念碑に目を留める人は見かけません。京都のような古い歴史の都とは違って、東京は江戸幕府の拠点であり、都であった証ともなる、記念すべき歴史的な碑なので、ぜひ、目を止めて頂きたいものです。

第五十一話
今は昔「禊《みそぎ》」あり
〈藤原京・女帝時代〉

選挙が行われて、理由ありの候補者が当選した場合、ほとんどの人が「禊を済ませることが出来ました」などと、誇らしげに言うのを聞きます。不名誉なことがあって辞職したり、落選してしまった議員が、選挙によって再びその職を得た場合などに使われる常とう語のようです。あなたも、一度や二度は聞いたことがあるでしょう。ところでこの禊というのは、どういう意味の言葉なのでしょうか。

もともとは神に対して、いつも潔白でいるために、汚れたものをきれいに流し去っておくことを禊と言っていたのですが、現代では、そういった神という絶対的な存在をほとんど意識しなくなってしまったように思います。やはり神に対するおそれという感覚の欠如でしょうか。しかしそろそろ、日本の精神的な風土というものを真剣に考えてみるときがきているのではないかと思います。

日本の神々は人間に対して、自然の中で生きる厳しい生き方を教え、育ててきました。弱い生命体である人間たちは、その力に感謝しながら、そうした厳しい神に対して、敬虔な気持ちを持って生きてきたのです。ところが過去のある時期に、その敬虔な気持ちを忘れてしまったことがありました。

自然の内に存在するという、八百万の神を、為政者の都合のいい存在に仕立て上げてしまったことがあったのです。迷惑を被ったのは、国民……いや、本当は、都合よく利用されてしまった神様や仏様のほうかもしれません。

飛鳥時代の大政治家であった藤原不比等は、この神という存在を見事に利用した一人です。もちろん自分の都合のために利用したわけではありません。政治が安定していくと、今も昔も同じようなもので、為政者も役人も、その生活が次第に乱れ、汚れ、政治は停滞していくのが常だったのです。人間はどうしても、半年に一回ぐらいはきちんとえりを正さないと、だらしなくなっていきます。つまり穢れていくと考えたのです。

そこで彼は、役人たちに規律をただすために、身心を清浄にさせなくてはならないと考えました。しかしそんなことをお触れで出しても、効き目が望めません。

そこで彼は、役所で働く者は6月と12月の二回、半年に一回、神の前で「祓《はら》い」という儀式を、飛鳥川でさせることにしたのです。つまり「祓い」と「大祓い」です。これには天皇はもちろんのこと、大臣クラスの者も、朝廷に関係する者はすべて参加させて、自ら生活をたださせたのです。このような儀式は夏越しの大祓い、年越しの祓いなどといって現代も行われていますが、身の潔白を確認する古代の場合とはちょっとそこにこめられた思いは違いますが、自分の暮らしの点検にはいいのではありませんか。現代でも大いに活かしましょう。

特に政治家、公務員に不祥事が明らかになることを考えると、少しでも清浄な気分で仕事をしてもらいたいと思うことがしばしばあります。それにしても、何か不祥事があるたびに、彼らがあまりにも軽々しく、「禊が必要だ」とか「禊を済ませました」などということを口にするので、その度に腹が立ってしまいます。

しかしそんな私たちも、半年に一回ぐらいは、神の前で厳しく、生活を見直す機会を持ってもいいのではないかと思ったりもします。さわやかな季節を前にして、心身共にさっぱりとして過ごしていきたいものです。

第五十二話
今は昔「左近《さこん》の梅」あり

〈平安時代〉

京都御所の紫宸殿《ししんでん》の前庭には、右近《うこん》の橘、左近の桜が植えられています。王朝時代の宮廷や、貴族の屋敷の寝殿前の庭を見ると、大抵、右近の橘、左近の桜が植えられています。ほとんどの紹介文にも、そう書いてありますし、写真でもそのような風景が写されています。確認するために、春や秋には京都御所の一般公開が行われるので、ぜひ一度は見学されてはどうでしょうか。

確かに紫宸殿の前庭には、右近の橘、左近の桜が植えられていますが、昔々からそうだったのでしょうか。今回はそんなことを考えてみることにしました。そのためにちょっと調べてみたのですが、やっぱり昔は違っていたことが判りました。古代といっても、天智・天武天皇時代のころでは、右近の橘、左近の梅だったのではないでしょうか。つまり古代の大王の時代はもちろん、天皇の時代になったころも、権力者や知識人たちは、尊敬する先進の文化を享受している中国の文化人たちがごく一般的に梅を観賞することが花見であったと言われているのです。それが彼らの楽しみの原点であったのです。

とにかく古代では、桜の木はあちこちに自生していたもので、特に意識的に植樹するなどという対象にはなっていませんでした。花見といっても貴族は梅を観賞していましたし、庶民……、ほとんどは農民ということなのですが、「邪視」（17頁）というお話をしたときに紹介しましたが、農作業の準備ができると、仲間を誘い合って山へ行き、ツツジの気を頂いてくるのが習わしだったのです。どこにも桜を観賞しようなどという記録は出てきません。

確かに『万葉集』でも、桜を歌材にして詠んだ歌はそれほどありません。『桜の精神史』の著者である牧野和春氏の調査によると、42首しかないのです。それに比べて萩を歌材にしたものは137首もあって第1位です。2位は梅で119首もあります。いかに差があるかが分かるでしょう。桜については、ほかの花とは比べものにならないくらいに関心が薄いのですが、それでは宮廷の庭の位置を占めるようになったのは一体いつごろからなのでしょうか。

通常は平安時代初期の、仁明天皇《にんみょうてんのう》のころからと言われているのですが、しかし彼の前に大変桜を愛して、禁苑《きんえん》といわれる朝廷の神泉苑で詩宴を開いていた人があります。父の嵯峨天皇です。彼はその桜の木の下で、花見をしながら、文化人たちと漢詩などを作って楽しんでいたのです。そんな様子を、嵯峨天皇の第二皇子である仁明天皇が見ていなかったはずはありません。それまでの右近の橘、左近の梅を、父の思いを伝えるように、右近の橘、左近の桜としてもおかしくありません。

京都御所の紫宸殿前の植え込みが、右近の橘、左近の桜となり、貴族たちの屋敷や寺院でも、それにならうようなものが多くなっていきました。やっぱり、梅から桜へ人々を誘導したのは、嵯峨天皇であったような気がしてきます。一説には、この桜は山科国に大きな権力を持っていた、秦氏の屋敷から運ばれたものだと言われていますが、真相については自信がありません。いよいよこれからは、あなたが歴史の探究者です。

あとがき

昨今は、すっかり言葉が軽くなったなぁと思うことがあります。

大変親しみやすくはなりましたが、その分だけ安心出来ないことがあります。

本当に信用してもいいのかと、ついつい疑ってしまうようなことがあります。つまりそれは、結局「言霊」から「霊」が抜け出してしまったために、どこまでその言葉を信じてもいいのか、判らなくなってしまっているということです。

昔は、「言霊」全盛時代がありました。

重量感はありましたが、その分だけ重苦しくて窮屈でした。

それが文字文化であり、それに支えられてきた、「言霊」文化というものだったのです。

そのために気楽な対話が出来なくて、ついつい堅苦しい雰囲気になってしまったり、人間関係がぎくしゃくしてしまうような時代からの解放を求める欲求が強くなっていきました。その結果生まれてきたのが、読んで理解するよりも、見て理解出来るという文字文化の対極にある所謂ビジュアル文化というものでした。

それは八十年代、九十年代ぐらいから始まった大きな動きであったように思うのですが、理解するために努力を要する文字文化よりも、見ただけで理解することが出来るという、努力の軽量化ができるビジュアル文化の浸透ということです。

そんな中から現れて来たのが、新しい思潮の象徴として流行り出した言葉遊びというものでした。

それはもう今日では、すっかり定着してしまったかのようですね。町を歩いていますと、個人商店、レストラン、アウトレットモール、いろいろなところで、その看板や、商品名などに面白い命名をしたなと思うものに出合ったりします。しかし中には、そこまで遊ばなくてもいいのではないか言いたくなるようなものもあります。

たしかに親しみやすさは行き渡りました。しかしあまり一方に偏りすぎてしまうと、却って平衡感覚がなくなって、不満が生まれてきてしまうものです。

やはり表現には、「言霊」に秘められている、重量感というようなものが存在しているはずです。伝えるものによっては、その「言霊」を正確に伝える、正確に理解しようと努める必要があるのではないでしょうか。

あなたはどのように受け止められていらっしゃいますか。

この度、改めて言葉というものを考えるきっかけを下さった保険毎日新聞社の内田弘毅様に感謝したいと思います。

連載中はもちろん、こうして上梓するための編集作業に努力して下さった西田しおり様、遠藤千春様、早草れいこ様、新聞連載に当たって、毎回カットをお寄せ頂いた塚原善亮様、装幀をして頂いた森山茂様にも、心よりお礼申し上げたいと思います。

書く人、作る人、読む人の三位一体で、いい雰囲気が生まれたらと思います。『今は昔〝言霊〟あり』をお読みになりながら、そんなこともお考え頂けたら、幸甚に思います。

藤川　桂介

おもてなしの言霊

宮本昌孝

年賀状なんて実のない儀礼的なものにすぎない、とはよく言われるところです。まあ、真冬なのに「新春のお喜び」と露骨なウソを大書するのですから、仕方ありません。

でも、儀礼的だから廃止すべきだという意見は乱暴です。礼儀に外れないようにするだけで、すでに心がこもっていると言えないでしょうか。昨今、盛んにもてはやされる〝おもてなし〟も、日本人が一定の礼法を普段から守ってきたからこそ、いま世界中の人々に称賛されているのだと思います。

ちなみに、〝もてなす〟の字義は、一説には〝儲成《もうけなす》〟。

現代の日本人は、得をする、金銭の利益を得るときに〝儲《もう》ける〟を使います。ですが、このことばには、事に備えて用意をしておくとか、縁を結んで自分のものにするといった意味があるのです。子を得るときに「子を儲ける」と言い表すのが、いちばんの好例でしょう。天子の世継ぎを「儲君《もうけのきみ》」とも言います。

つまり、〝おもてなし〟とは、人と縁を結ぶことで、自分が掛けがえのない何かを得ること。

僕はそう解釈しています。

藤川さんの年賀状は毎年、ウソではない文字通りの新春の喜びを与えてくれます。たとえば、平成25年のそれは、「愚直に生きるもいい、流されるままに生きるもいい」など、人々のどんな生きかたも温かく肯定し、だから「世の中は弾んでいくのでしょう」と前向きに捉え、でも誰もが希望を感じられるようにと願い、ご自身も「人生しみじみ夢中のわたしです」と。

全文を紹介できないのはとても残念ですが、藤川さんから年賀状を頂戴するたび、幾歳になっても、まだまだ前途が拓《ひら》けるような気がして、笑顔になれるのです。不肖の後輩から申すのは大変無礼ながら、これこそ究極のおもてなしかもしれません。そして、そうやって人をもてなすことで、藤川さんご自身がお心をより豊かなものになさっているのではないでしょうか。

受け取った側がそんなふうに感じるのは、お人柄から紡《つむ》ぎだされる平易かつ美しい文章に負うところが大きく、本書中のことばを借りれば、「キガレ」なき藤川さんから「年のはじめにタマ」なのです。

日本人が永く心地よく愛読できる『今は昔〝言霊《メッセージ》〟あり』は、そんな好著だと思います。

本作品は２０１３年４月４日から２０１４年４月10日まで、弊社『保険毎日新聞』で連載されたものを、単行本収録にあたり加筆を加え、再収録しました。

【著者】
藤川桂介（ふじかわけいすけ）
1934年東京都生まれ。慶應義塾大学文学部国文学科卒業。作家、京都嵯峨芸術大学客員教授。1958年より、放送作家となり『マジンガーZ』『宇宙戦艦ヤマト』『銀河鉄道999』などのテレビドラマ、特撮映画、アニメーションなどの脚本を書く。1983年より、作家活動を開始し、翌年『宇宙皇子』を発表。宇宙皇子シリーズは一千万部を超えるロングセラーになり、ライトノベルの礎を築いた。主な著書に『篁・変成秘抄』や『シギラの月』などがある。現在、日本文芸家協会・日本ペンクラブ・日本放送作家協会・日本脚本家連盟会員。

書名	**今は昔“言霊《メッセージ》”あり**
初版年月日	2015年1月3日
著者	藤川桂介
発行所	㈱保険毎日新聞社 〒101-0032 東京都千代田区岩本町1－4－7 TEL03-3865-1401／FAX03-3865-1431 URL http://www.homai.co.jp
発行人	真鍋幸充
編集	内田弘毅・早草れい子
デザイン	森山 茂（株式会社オリーブグリーン）
イラスト	塚原善亮
印刷・製本	株式会社オリーブグリーン

ISBN　978-4-89293-258-8 C0095